José Carlos Carmona

El arte perdido de la conversación

SIGNATURAEDICIONES

Signatura Ediciones de Andalucía, S.L. es miembro de la

ASOCIACIÓN DE EDITORES DE ANDALUCÍA

c/ Juventudes Musicales, 1. Portal, 2, 4º-B. 41015 Sevilla
Telf: 954 38 02 22 Fax: 954 38 02 86
Correo-e: signatura@signaturaediciones.com
www.signaturaediciones.com

Cubierta: Edward Hopper "Room in New York", 1932 (fragmento)

Depósito Legal: SE-1946-06
ISBN: 84-96210-50-2
Impreso en España

Para mi mujer

Agradecimientos:
A Luis Alberto Campos, Pablo Rodríguez Balbontín,
Joaquín Abad y Paula de Pando
por su ayuda en la revisión atenta y comentarios sobre esta obra.

¿Considera que la conversación es un arte?
Sí, uno agonizante.

Truman Capote (Cuentos completos)

¿Y papá cómo está?

Mi padre era viajante. "Viajante de comercio" decía él cuando en el colegio me hacían rellenar la ficha de cada año. "¿Tú en qué trabajas, papá?". Y él me decía siempre: "Viajante de comercio". Y yo lo anotaba y me quedaba tan tranquilo. Pero, ¿qué era eso de viajante de comercio? Nunca lo entendí demasiado bien. Sabía que se iba los lunes y que volvía los viernes, pero no sabía muy bien qué hacía. Si me hubiera dicho "soy vendedor", yo lo habría entendido, aunque creo que no me hubiera gustado mucho decirle a Manolito que mi padre era vendedor, sobre todo cuando el suyo era policía.

Pero mi padre era "viajante". Quizás por eso no me apasiona viajar. Para aquel niño que fui, viajar era estar lejos, lejos de mí, lejos de nosotros, lejos de mi madre.

Hoy tengo 40 años y también soy viajante. No soy "viajante de comercio", aunque viajo por dinero (y por otras cosas, pero por dinero), pero soy viajante. Tomo una maleta, salgo temprano de casa, cojo un coche, luego un avión y viajo. Imparto cursos, las empresas me pagan y luego vuelvo a casa. Me pagan por llevar mis conocimientos, los vendo: también soy un viajante de comercio.

–Señor Cabrera, hoy va a tener suerte, la habitación ya está preparada –cuando oigo "Señor Cabrera" pienso que mi padre va detrás y que la conserje del hotel lo ha reconocido por encima de mi hombro y que es a él a quien le ofrece la llave sonrientemente. Señor Cabrera era mi padre, otro ser distinto a mí. Yo soy "José Enrique", como mucho "José Enrique Cabrera", pero no "Señor", y menos "Señor Cabrera".

–¿Cómo está la chica más simpática de toda la isla? –estoy en Tenerife. A mi padre le encantaba venir a Tenerife, y ahora soy yo el que está viniendo a Tenerife. Cuando llego al aeropuerto cojo una "gua-gua" y después camino pesadamente hasta el hotel, tirando de mi maleta con ruedas. Mi padre estará sentado en su sillón junto a mi madre oyéndola hablar sin parar (él se quedó ciego por la glucemia hará unos veinte años). La muchacha se vuelve de espaldas y se agacha para anotar en el libro mi llegada. Lleva vaqueros y su trasero se enfoca hacia mí, redondo y bello (¿le gustarían a mi padre también los culos de las conserjes de hoteles baratos?). Cuando ella me habla, siempre intento que no se me vea el anillo.

–La 601. Ya le hemos puesto otra almohada.

–Ah, muy bien. Qué eficiencia, Cristi –sonrío ficticiamente. Antes, cuando me decía "ya le hemos puesto otra almohada" me parecía delicioso, pensaba que para esa chica yo era alguien especial, que se acordaba de mí, le gustaba verme y que algún día, incluso, se tomaría un café conmigo o vendría al cine a ver alguna comedia romántica. Pero la semana pasada, cuando yo estaba hablando con ella tras el mostrador de la recepción, le dijo a un cliente con pinta de indio vendedor de relojes de cuarzo: "Ya le he dicho a la chica que le ponga otra almohada, como a usted le gusta". ¡Y se lo dijo delante de mí!–. ¿Tendrás tiempo para ir al cine esta noche conmigo?

–Ay, no, Señor Cabrera. Me estoy mudando a casa de mi madre y tengo todas las cajas por medio.

–Bueno, no te preocupes. Otro día será.

–Usted vuelve la semana que viene, ¿no?

–Sí, a ver si la semana que viene puedes –un día hasta llegó a decirme qué película le apetecía ver. Albergué esperanzas. Pero era una película de miedo para adolescentes y le puse cara rara. Creo que no me lo ha perdonado. Luego se inventó una excusa para no ir.

Tomo el ascensor. Lo que más me duele es que no haya tenido la sensibilidad suficiente para darse cuenta de que le estaba diciendo lo mismo al indio delante de mí.

De todas maneras, esta noche podría quedar con Laurimar. En uno de los viajes a la Península me encontré en el mismo vuelo con una antigua alumna mía que era alemana. Ella me presentó esa noche a la tal Laurimar y a un inglés que no he vuelto a ver. Como a Laurimar se la veía medio solitaria y desorientada vitalmente (con 27 años quería matricularse en un ciclo de formación profesional), le pedí un favor con el papeleo del empadronamiento, y a la semana siguiente la invité a cenar y al cine para pagar su ayuda. Ahora lo sentía casi como una obligación: había que llamar a Laurimar, aunque prefería organizarme un plan alternativo.

–Jose –oigo a mi madre al otro lado del teléfono–. ¿Ya estás en Tenerife?

–Sí, mamá –cuando entro a la habitación reordeno el cuarto: cambio las sillas de lugar para poder trabajar en la mesa, abro las ventanas, saco mi pequeña radio (mi padre también llevaba siempre una de estas radios. Mi modelo es más moderno, pero yo oigo onda media, que era lo que debía de oír él por entonces).

–¿Cómo ha ido el viaje?

–Como siempre. Es un coñazo. He tenido que levantarme a las seis, y no doy clase hasta las siete de la tarde.

Mi madre me cuenta que ha llegado un documento que parece ser el impuesto de uno de mis vehículos. Le pregunto si por alguna parte pone que esté pagado.

–No –me dice–, aquí pone "adeudo por domiciliaciones".

–Pues eso es que está pagado –le digo con voz cansina. Ya he sacado las zapatillas de la maleta. Y con el teléfono en el hombro he colgado las dos camisas en el armario (me gusta colgar las camisas aunque sólo vaya a estar una noche; me gusta reordenarlo todo aunque sólo vaya a estar una noche)–. ¿Me lo podrás meter en un sobre y enviármelo a mi casa? Tendré que llevarlo en el coche por si me para la policía.

Ella dice siempre que sí. Y lo hace rápido. Cuando vuelvo a acordarme de estas cosas es cuando tengo ya el sobre en la mano y pienso en lo rápido que pasa el tiempo.

Luego mi madre me cuenta la película que vio la noche anterior en la televisión, o la que está viendo en ese momento. La tele siempre está encendida. Cuando al final le pregunto por mi padre ("¿y papá cómo está?"), ella cambia el tono y pone voz de pena: "Mejor", me dice. Y mi padre grita por detrás que está bien. "No preocupes al muchacho."

–Déjame hablar con él –le digo.

–Toma. Es tu hijo –dice ella cansinamente, como si pasara un teléfono en el que te van a dar un pésame.

–¡Papi! –le digo animosamente. Luego intento decir más cosas, pero nunca sé de qué hablar. Quiero que esté contento, que no se preocupe por mí, que se sienta orgulloso. Pero termino diciéndole "¿cómo estás?". Y ese no es un buen principio porque entonces también se acuerda de todo lo que tiene, se viene abajo y comienza a mentirme, a decirme que muy bien, que no hablemos de salud. Y eso es lo peor, porque yo ya sé que está fatal y él se queda sin tema para hablarme.

Lo intento por otro lado:

–Oye Papi: ¿a ti realmente te gustaba viajar? Esto de viajar es un coñazo.

–A mí me encantaba –me lo dice a menudo, pero yo nunca le creo. No hay más respuesta, no cuenta batallitas. Al principio, cuando comencé a viajar a la isla, él me hablaba de sus amigos, de sus "íntimos amigos". "Yo me sentaba en el laboratorio de Telesforo y nos pasábamos la tarde charlando". El Telesforo dio la espantada al primer favor que le pedí. Lo llamé para que me dejara empadronarme en su casa a fin de obtener el descuento en los vuelos a la Península (me senté allí en su laboratorio, pensé "aquí se sentaría mi padre", y mi padre entonces, para mí, era un tipo joven, delgadito, siempre enchaquetado y fumando), y salió diciéndome que le preocupaba que fueran a quitarle su pensión. Me dijo que me llamaría ("te llamo si encuentro una solución, mi yerno es abogado y seguro que sabe cómo arreglarlo") y todavía estoy esperando. Por eso mi padre ya no habla de sus "íntimos amigos" (llamamos a otro para lo mismo, al parecer ese era "un buen elemento" –tuve esperanzas–, pero dijo que la policía hacía investigaciones muy rigurosas. El tiempo es ese animal poderoso que convierte a los "buenos elementos" en viejos jubilados).

–Papá, pero los hoteles son deprimentes.

–Cuando yo llegaba al Hotel Anaga el propio dueño venía a saludarme. "Señor Cabrera", me decía, y yo estaba allí como en mi casa.

No lo entiendo. Mi padre decía aquellas cosas de verdad, sinceramente, pero para mí todo aquello era mierda, soledad, desamparo.

Me aconsejó un restaurante barato.

A medio día busco el bar donde solía comer mi padre ("Tiene una barra larguísima y se llena toda de viajantes"). En el bar no hay un alma. La tele truena con el telediario. Detrás de la barra hay una mulata muy joven y un camarero de mi edad. "Ninguno de estos conoció a mi padre", pienso. Imagino la barra llena de "viajantes" comiendo raciones de gofio y costillitas, charlando animosamente con el antiguo dueño, que hoy estará podrido bajo el suelo o plantando pimientos en su casita del campo, ya jubilado.

–¿Hay menú? –pregunto.

El menú es el peor gazpacho que he probado en mi vida y una tortilla de patatas. Me siento en una mesa. Pienso que eso es un sacrilegio (un buen "viajante" se habría sentado en la barra). El telediario es canario, el nacional ya ha pasado por la hora de diferencia. El acento de los presentadores es venezolano y los temas son pueblerinos ("Las chicas del equipo de voleibol se han clasificado para los campeonatos nacionales"). ¿Cómo podía gustar aquello a mi padre?

Después de dormir la siesta me ducho. Al ponerme el calcetín me acuerdo de mi madre. Mi madre volvía el calcetín sobre sí mismo, lo preparaba antes de ponérnoslo, cuando éramos unos niños. Me enseñó pacientemente a doblarlo y ponérmelo. ("Primero se dobla sobre sí mismo, luego te lo colocas hasta el talón y tiras de la otra mitad"). Me lo enseñó mil veces. Un día dejó de intentarlo. Yo percibí la trascendencia de ese día. Y me lo puse desordenadamente. Fui consciente de mi rebeldía y no estuve satisfecho. Pero seguí haciéndolo. Y aquí estoy, con cuarenta años, poniéndome el calcetín a tirones y con conciencia de culpa por desobedecer a mi madre.

Doy la clase y me quedo solo. Son las nueve y cuarto de la noche. Llevo un periódico y un libro en el maletín (mi padre también usaba maletín: decía que era famoso por su maletín de dientes: "Hoy me han hecho abrir el maletín en la aduana y el policía ha llamado al otro 'Mira, mira, le ha dicho, el hombre que lleva dientes'. '¿Y qué hace, venderlos?', dijo el otro. No, esto es un muestrario, le dije yo". Mi padre vendía productos para los dentistas y para los protésicos dentales). Me planifico la noche: ceno, me meto en un *ciber-café* y luego en una película.

La planificación es fundamental en la soledad. Saber cómo vas a rellenar el tiempo. Cuando llego al hotel por la mañana ya cojo el periódico preparando este momento. Debe de ser algo inconsciente. En mi interior alguien sabe que todo el día se dirige hacia ese momento en que me quedo solo después de dar la clase ("Cristi, ¿me dejas el periódico?"). Miro las películas y memorizo horario y cine. El día se clarifica entonces.

Pero llamo a Laurimar. Laurimar siempre viene. Su soledad es permanente (vive con su padre, que los abandonó y que ha reaparecido hace poco cuando murió su madre, y cuida de su sobrina –la madre de la niña se fue a trabajar a otra isla–). Ella se ríe con mis cosas y procura no mirar mi anillo.

Cuando por la mañana la dejo en la cama, bajo y pago la habitación. Luego camino pesadamente con la maleta, preguntándome cómo podía gustarle a mi padre esto de viajar.

Un tobillo sin hueso

José Enrique leyó: "Se busca compañero de piso. 250 /mes. Javier. (Y un teléfono)". Y llamó.

La carambola profesional que hacía que José Enrique estuviera buscando compartir piso con un extraño en Tenerife, a principios de febrero, tenía largas raíces. Pero el hecho era que José Enrique se encontraba en Santa Cruz de Tenerife con un contrato recién firmado para trabajar sólo un día a la semana, los sábados, y buscando con quien compartir piso para ahorrar en hoteles y poder empadronarse, y así conseguir un descuento de un tercio en todos los vuelos desde la península.

–Hola. Perdona. Llamaba por el anuncio para compartir piso.

–Sí, dime.

–¿Eres Javier, no?

–Sí, sí. ¿Quieres ver el apartamento? –José Enrique percibió de golpe el marcado acento canario de su interlocutor–. La verdad es que hoy me viene mal, mi niño, porque espero a unos amigos que vendrán en un rato.

–Bueno, si quieres podemos quedar mañana. Pero quería preguntarte... si esta casa está cerca de Vuelta de los Pájaros, que es donde está mi trabajo.

–Sí, sí. Está muy cerca. Si quieres me paso por ahí y te recojo.

–Pero es que yo no estoy ahora allí. Ahora estoy en el centro, porque me estoy quedando todavía en un hotel.

–Bueno, sí, no te preocupes. La verdad es que me viene mal, mi niño. Ahora estoy esperando a unos amigos...

–Sí, bueno. Pero ¿sabes?... Es que sólo trabajo los sábados por la mañana y sólo tengo que quedarme los fines de semana. Pero necesito algún papel que justifique que estoy viviendo en esa casa. ¿Tú crees que podrías darme algún papel si llegamos a un acuerdo, algo así como un contrato o decir que estoy viviendo contigo? Es que busco un apartamento con alguien porque necesito empadronarme para que me salgan los billetes de avión más baratos...

–Sí, bueno, eso ya lo veremos. El apartamento es muy luminoso y tú tienes una habitación con un armario gigante y toda la parte derecha es para ti... –José Enrique, oyéndolo, intentaba hacerse una imagen de Javier. Su voz era algo ronca, como de un tipo grueso con un gran cuello. Se lo imaginó con chaqueta de piel de ante y camisa con botones en el cuello, como un niño pijo algo mayor. Calculó que tendría unos tres años menos que él (unos 36) y le pareció simpático pero un poquito pasado. No obstante, José Enrique no tenía miedo de conocer a nadie, sentía que había conocido a todo tipo de gente durante su vida y que era capaz de salir de cualquier situación de manera airosa (una vez había cogido a un autoestopista expresidiario y José Enrique le habló de la cárcel como si hubiera estado allí muchas veces –y había estado, como voluntario de prisiones– al otro le escamó que supiera tanto y le infundió respeto). Sabía, sin embargo, que no era el tipo de persona que podría terminar siendo su amigo, aunque confiaba en que el otro terminara considerándolo así. A José Enrique le era fácil hacerse querer–. Si quieres, mañana te recojo a mediodía y te invito a comer aquí, así conoces el apartamento. Yo soy un gran cocinero. He trabajado en Las Palmas como Jefe de cocina de un gran hotel. Te va a encantar.

–Vaya...

–No voy a meter a nadie en mi casa sin conocerlo antes. Aquí hay otro tipo, un noruego, pero casi nunca está. Pero es muy buen tipo. Por eso, si quieres, cuando termines tu trabajo me llamas y voy a por ti. Yo estoy cerca de ahí.

–Por mí estupendo, porque luego siempre como solo. Oye, ¿y sois muy jóvenes? Yo tengo 39 –se apresuró a decir. Fue la manera más sutil de preguntar la edad que se le ocurrió sobre la marcha.

–¡Hombre! Igual que yo, mira las casualidades... Pues eso, te vienes a comer aquí y... ¿Te gusta el mojo picón?

–...

–Yo hago un mojo picón de primera.

–Bueno. Entonces te llamo cuando termine, ¿vale?

–Sí, ya verás. Este piso te va a encantar. ¿Te gustan los perros?

–...

–Es que yo tengo un samoyedo blanco. Pero es muy bueno.

–Sí, sí, no me importa. Yo también tengo uno en Sevilla.

–Ah, ¿eres de Sevilla? Yo estuve trabajando una temporada en Sevilla, por la Expo.

–Bueno, en realidad soy de Málaga, pero llevo siete años en Sevilla.

–Joder, en Málaga he hecho yo muchos negocios. En Fuengirola y por ahí.

–Vaya...

–Bueno, pues me llamas mañana. Es que ahora estoy esperando a unos amigos y estoy metido en la cocina hasta arriba.

–Sí, vale, te llamo mañana. Sobre las dos.

–Sí, sobre las dos. ¿Cómo has dicho que te llamas?

–José Enrique, José Enrique Cabrera.

–Vale, José Enrique. Entonces hasta mañana.

–Sí, hasta mañana. Adiós.

–Adiós.

Y José Enrique apretó el botón rojo de su teléfono móvil un poco aliviado, volvió a mirar el periódico de anuncios por palabras y llamó a otro teléfono...

Al día siguiente, a las dos y diez, llamó José Enrique a Javier.

–Hola, Javier. Soy José Enrique Cabrera, el que estaba interesado en compartir el piso.

–Ah, hola. Huf, ¿por dónde andas? –a José Enrique le pareció que Javier quería ganar tiempo. Su voz estaba más ronca que la tarde anterior.

–Sí, estoy en el Vuelto de los Pájaros, junto a mi trabajo. Pero si quieres lo dejamos y te llamo más tarde. O mañana.

–No. Es que, ¡mi niño!, la reunión de anoche terminó más tarde de lo que suponía. Se presentó más gente de la que esperaba...

–Oye, pero no te preocupes. Nos vemos mañana o el próximo fin de semana...

–No, pero ¿tú dónde estás?

–En Vuelto de los Pájaros. Pero, perdona, ¿te he despertado? –José Enrique ya se lo imaginaba, pero quería darle la oportunidad de dejar de fingir y que, reconociendo que estaba dormido y que no iba a llegar a tiempo, lo dejaran para la semana siguiente. De hecho, José Enrique ya había cambiado de planes. La noche anterior, después de hablar con Javier, visitó una academia y se apuntó en un curso (le interesaba hacer más cosas en la isla para amortizar el precio de los viajes). El director de la academia, un tipo simpático, de unos 35 años, fue muy agradable con él y le dijo, cuando conoció su situación, que le daría una fotocopia del carné, que era lo que José Enrique necesitaba para poder empadronarse. Esto cambiaba la cosa porque ahora podría sacar los billetes más baratos y si sólo estaba una noche en la isla ya no necesitaba pagar un alquiler compartido. No obstante, ante la perspectiva de comer solo, prefería comer acompañado y gratis aunque fuera con ese personaje curioso que comenzaba a ser Javier.

–Bueno, sí, me acabo de despertar. Pero... ¿qué hora es?

–Las dos y cuarto.

–¡Joder! Pero... es que no tengo nada preparado. Si quieres podemos comer unas costillitas que me sobraron de esta noche. Venga, voy a por ti.

–No, hombre, déjalo. Duerme tranquilamente y nos vemos esta noche o mañana.

–No, no. Voy a por ti. Estoy ahí en diez minutos.

–Como quieras.

Y Javier colgó el teléfono.

José Enrique se quedó mirando al horizonte. A lo lejos se veía el mar. Los árboles no eran como los de su tierra. En esa parte alta de la ciudad parecía que siempre amenazaba la lluvia. No era ni bonito ni feo. Era sólo otro lugar. El trabajo había estado bien. Pero tampoco era tan interesante como había previsto. Ahora le quedaban casi dos días de espera hasta que su avión partiera hacia la Península. Esos tiempos eran malos, solitarios. Ya los había vivido antes: en Melilla, donde comenzó trabajando, en Madrid, en Córdoba, en Sevilla. Él sabía que no tenía problemas para conocer gente y hacer amigos, pero se necesitaba tiempo. Semanas, meses, para ir entrando en la dinámica de una nueva ciudad. En aquellos tiempos paseaba solo, comía y cenaba solo, iba mucho al cine, escribía cartas y llamaba por teléfono a casa. Ahora, con 39 años, volvía a empezar de nuevo. No tenía miedo; pero le faltaba la emoción de antes. Al principio era una especie de aventura, ahora era una forma de supervivencia. Una forma de supervivencia digna, porque en Sevilla o en Málaga podría haber tenido trabajos peores, pero se resistía, todavía se resistía a dejar de luchar por sus sueños profesionales. Y allí estaba, esperando al tal Javier, con dudas sobre su profesión y sobre su vida, sin saber si Javier sería el principio de un nuevo grupo de amistades o uno más en el camino, un rostro y una historia que tenderían al olvido.

Esperando, primero llamó a su madre y después a su mujer. Les dijo lo bien que había ido el trabajo.

Cada coche que pasaba le parecía que podía ser el del tal Javier. Terminó de hablar con ambas. Esperó aun más y al final apareció Javier.

Javier llegó en un coche pequeño, destartalado y amarillo. Dos características resaltaban en él nada más verle: era gordo como una bolita y tenía el pelo rizado en tirabuzones desordenados que hacían de su cabeza una fregona rubia.

José Enrique saludó y Javier comenzó a hablar a toda velocidad. Por el suelo del coche había bolsas vacías de patatas fritas y latas de cerveza arrugadas. Cada vez que Javier cambiaba de marcha, la caja de cambios hacía un ruido metálico raspante. Las ventanillas iban abiertas.

–No tenías por qué haberte molestado. Siento mucho haberte despertado –dijo José Enrique.

–Es que la fiesta de anoche duró más de lo que imaginaba. Yo esperaba a tres amigos, y no sé cuántos vinieron. Por lo menos ocho o nueve. ¡Unas chicas...! La casa ahora no está muy bien, no he tenido tiempo de arreglarla, está todo por medio.

El coche subió por encima de la zona donde se situaba su empresa, donde José Enrique pudo conocer un barrio que nunca había visto y que, aunque estaba lejos del centro, parecía tranquilo y estaba cerca de su nuevo lugar de trabajo. Tenía edificios convencionales, pero desde casi todos se debía de ver el mar a lo lejos. José Enrique iba pensando que en cualquier momento doblarían una calle y pararían junto a uno de esos edificios.

Javier seguía hablando. Vestía un polo naranja que le marcaba mucho su enorme barriga y unos pantalones azules clásicos que confirmaron la teoría de que debía de haber sido un joven pijo. Los zapatos eran mocasines negros, de los que un americano diría que son de estilo amanerado. Ahí metía lo que desde arriba se veía como un enorme tobillo hinchado y sin calcetines.

–Yo antes no era tan gordo. Estoy así desde el hospital. Estaba hecho un figurín. Era surfero, me pasaba el día en la playa. Al sur están las mejores olas del mundo. Ahora estoy cojo, no me lo notas, pero ando cojeando. Me pasó la quilla de un barco por encima y me destrozó el tobillo. Me quitaron el maléolo interno, ¿sabes?, perdí el hueso este que sobresale en el tobillo. Tengo un costurón impresionante, mira.

Y José Enrique miró hacia los pies del conductor y efectivamente vio que al tobillo le faltaba el hueso y que en su lugar había una gran cicatriz.

–Vaya –dijo, como quien da un pésame.

–Luego me pasé tres meses en el hospital y ahí, sin hacer nada, me puse gordo como estoy. También me dio una depresión y claro...

–¡Torrente!, ¡Torrente! –comenzó a oírse por las ventanillas, procedente desde la acera. Unos jóvenes gritaban al coche diciendo "Torrente" y moviendo los brazos para que los vieran. Durante la conversación con Javier, antes de encontrarse con los chicos, José Enrique vio cómo se pasaban el barrio de bloques que estaba detrás de su trabajo y comenzaban a subir una cuesta que o los llevaba a un barrio aún más alto o los sacaría de la ciudad. Tras parar en un semáforo en plena pendiente y cuando comenzaban a arrancar fue cuando empezaron a oír los gritos de los muchachos. Javier dio un giro brusco y paró a la derecha. Por la ventanilla le preguntaron si iba para "allá" y se montaron alocadamente. Eran dos chicos jóvenes de unos dieciséis años, una chica de la misma edad y una anciana llena de energía, mal vestida y despeinada. José Enrique no quiso mirar para atrás.

–¡Torrente!, qué bien que hayas pasado –dijo la chica–. Cuando nos hemos puesto en la parada yo me he dicho "qué pocas ganas tengo de coger la guagua, mira que si pasa alguien que vaya p'allá". ¡Y de pronto éste se ha puesto a gritar!

–Torrente... ¿qué ha pasado con tu calva?

–Es que en el hospital me rapé –le dijo Javier a José Enrique intentando justificarse– y como ahora estoy gordito, estos empezaron a llamarme Torrente.

José Enrique pensó en si también sería tan *facha* como el personaje de cine en el que se basaban los amigos; en si tendría llaveritos con la bandera de España y unos "nunchakus" colgados en la pared de su casa. Ahora no se parecía a Torrente por la mata de pelo que llevaba en la cabeza y que parecía una fregona.

–Me he dejado crecer el pelo –dijo Javier elevando la voz y mirando de medio lado hacia atrás.

–¡Pos' parece una escoba! –dijeron los muchachos, echándose a reír.

–¡Qué guay es el Torrente! ¿verdad, Meli?

La chica contestó con un gesto. La boca la utilizaba para mascar, ostentosamente, chicle.

La vieja comenzó a hablar. José Enrique no le entendía nada. Y no por el acento o los modismos, sino porque no había mucha coherencia en lo que decía. Protestaba por la Seguridad Social, que era de donde venían. José Enrique empezó a darse cuenta de que una vez subida toda la montaña, comenzaban a bajar, tomando incluso lo que para él –que no conocía aún muy bien el plano de la ciudad y sus aledaños– debía de ser la autovía en dirección al sur de la isla. ¿No estaba a 10 minutos de su trabajo el apartamento de Javier? –pensó José Enrique–. La situación era un poco extraña.

La carretera, efectivamente, los llevó hacia la playa en dirección sur. Allí dejaron a los jóvenes y a la vieja que habían estado todo el tiempo medio gritando y riendo. Javier enfiló aún más hacia el mar y fue mostrándole la zona a José Enrique. Su edificio, con vistas al mar, estaba contiguo a un enorme centro comercial recién estrenado. Aparcaron en la calle y Javier fue mostrándole todo a José Enrique, como si ya hubiera tomado la decisión de quedarse. Le decía cosas como: "el autobús te deja aquí en esta esquina; hay un espacio para poner tu nombre en el buzón; la llave se saca en posición horizontal y no vertical como todas"; etc.

Cuando llegaron al apartamento, un enorme perro blanco peludo salió a recibirlos. Era juguetón como un cachorrillo y eso a José Enrique le sorprendió: comprendía que pudiese ser juguetón uno pequeñito pero al ver a esa mole de perro comportarse como un payasito le pareció que de alguna manera ese perro tenía un conflicto psicológico y que, por encima de todo, era gay. "Un perro maricón", pensó.

El apartamento era nuevo y luminoso. No tenía ni un solo cuadro o cartel colgado en las paredes y eso le daba una sensación de cierto abandono. Entre la cocina y el salón había una barra de bar de separador que añadía luminosidad a la primera. El dormitorio que Javier quería adjudicarle a José Enrique era relativamente pequeño y el armario que había en él sí que era realmente grande, tan grande que lo ocupaba todo dejando sólo un pequeño hueco apretado para la cama. No le gustó, pero lo disimuló. El resto de la casa era un baño y el dormitorio de Javier, donde había una cama grande con cabecero de hierros dorados y un par de televisores uno encima del otro. La manta que cubría la cama deshecha era de colores saltones, donde sobresalían el negro y el fucsia con algo de naranja. El desorden era la tónica dominante en toda la casa. José Enrique, no obstante, sonreía.

–Desde esta ventana –dijo Javier– se ve, los días claros, la isla de La Palma.

–¿Sííí? –dijo de falsa manera admirativa José Enrique.

–Yo, en realidad, soy de allí. Ahora tengo, todavía, algunos negocios. Allí aprendí cocina y estuve en un gran hotel. Luego estuve en Venezuela casi quince años...

–¡¿En Venezuela?!

–Sí –dijo con cierta prepotencia–, allí hice mucha plata.

–Pero, ¿a qué te dedicaste?

–Bueno, hice negocios...

Ante el silencio de Javier, José Enrique intervino:

–Ya he visto que hay mucha relación entre los canarios y los venezolanos. En el periódico hay una sección especial diaria dedicada a Venezuela, y eso me ha sorprendido.

–Sí, es que tradicionalmente Canarias ha estado muy relacionada con Venezuela. Miles de Canarios se fueron a trabajar allí en la posguerra, y durante la crisis de los setenta, también. ...Y ahora, fíjate cómo los estamos tratando –su tono se entristeció–. Dicen –y prosiguió más cantarín– que el acento de los canarios se parece mucho al de allí.

–Claro –interrumpió José Enrique–, yo estuve de profesor en Panamá y Colombia, y cuando llegué aquí creía que estaba en Latinoamérica.

–No todos los acentos de Sudamérica se parecen al nuestro –dijo eruditamente– son, sobre todo, los acentos caribeños.

Javier, entonces, se metió en la cocina y comenzó a preparar la comida. Sacó queso y un poco de pan de molde y se lo ofreció. Para cortarlo sacó un gran cuchillo de carnicero, desproporcionado para aquel trozo de queso. A renglón seguido le dijo: "¿Te importa que me quite el polo? Es que cuando trabajo en la cocina me gusta estar cómodo". José Enrique pensó que se quitaría el polo para ponerse algo más cómodo, una camiseta o algo así. Pero no, se quedó desnudo de torso hacia arriba.

–Me quedaron unas costillitas de anoche... Vino más gente de la que esperaba. Te van a encantar. Yo les pongo un poco de mojo picón que yo mismo hago –Javier daba vueltas a un cazo. Al otro lado de la barra de bar que separaba el salón de la cocina, José Enrique miraba y se sorprendía de lo que veía. Estaba el queso –dos tipos de queso–, sobre un papel. Y el enorme cuchillo. El resto de la barra era un desorden algo mugriento donde cabía de todo: servilletas rotas, un par de botellas de vino empezadas y con el tapón a medio poner, un periódico viejo, un mantel sucio colocado sólo a la mitad de la barra, un botellero sin botellas donde guardaba las bolsas de plástico del centro comercial cercano, una bolsa de pan de molde casi terminada y cerrada de cualquier forma, y una garrafa de agua de cinco litros a punto de terminar. Y por todas partes, migas de pan, restos de comida, la cadena del perro.

–¿Y a qué hora se fueron?

–Pues muy bien no lo sé. A mí me gusta tener muchos amigos, la gente se presenta aquí o me llaman y me dicen que vienen para acá, que si les preparo algo. Yo siempre he estado rodeado de gente. En las cocinas, en mis negocios de Venezuela...

–Pero allí en Venezuela, ¿a qué te dedicaste?

–Hice de todo, tuve negocios... –José Enrique esperó, no quería que algo interrumpiera esta respuesta. Se imaginaba que Javier habría hecho cualquier cosa en Venezuela y no muy legal–. Esto está listo.

Javier sirvió todo el contenido del cazo en un solo plato y se lo puso sobre el mostrador a José Enrique. José Enrique pensó dos cosas: primero, que según iba la cosa tendría que comer de pie en aquella barra, y, segundo, lo que le hizo preguntar:

–¿Pero tú no comes conmigo? –Javier seguía desnudo de cintura para arriba con su enorme tripa al aire cocinando otra cosa.

–No, yo estoy a régimen y me tengo que preparar mis verduritas.

–Pero, ¿no comemos juntos? –preguntó José Enrique.

–¡No!, tú empieza, que no se te enfríe.

–¿Tienes algo de pan?

–Sí, hombre –y le pasó la bolsa de pan de molde a la que apenas le quedaba alguna rebanada–.

»En el hospital cogí una depresión: saber que te vas a quedar cojo, que nunca más vas a poder hacer surf, estar allí todo el día con mi madre. Tres meses seguidos. ¡Empecé a comer como un guarro, mi niño!

–...

–Ahora llevo negocios por Internet. A mí me gustan los productos de la tierra –y su tono de voz empezó a crecer como insuflado de una nueva felicidad–, el queso ahumado, el gofio, el mojo picón. Pues eso es lo que vendo por Internet. Me permite estar en casa, ganar dinerillo... Y hacer relaciones, no creas.

José Enrique comía las costillas de la noche anterior, sonreía y ponía cara de que todo lo que le contaba Javier estaba bien, era interesante y de lo más normal. Las costillas le parecían normales; el mojo... nada del otro mundo; pidió agua y se la echó de la garrafa. El hecho de sonreír para que Javier se sintiera bien también animaba al propio José Enrique. José Enrique se veía bien: 39 años, muy dueño de sí mismo, conocedor del mundo y sus gentes, con mucha experiencia, físicamente resistente: no tenía por qué tener miedo.

Terminó de comer antes que Javier y éste le ofreció queso de postre. José Enrique se cortó el queso con el cuchillo de carnicero y esperó a que Javier terminara. Javier, mientras, le contaba aventuras de sus viajes y de sus negocios. José Enrique intentaba analizar la situación, comprender al gordo y cojo de Torrente, su sufrimiento, las vueltas que iba dando por la vida. Miró a su alrededor y vio una casa nueva pero sin hacer, sin cuadros, sin adornos. Un sofá cama, una mesita para poner una tele, un mueble de lujo pero lleno de papeles y cosas que lo afeaban. Entre esas cosas vio una foto. Y se quedó mirándola.

–Son mis niños –dijo Javier–, no los veo desde hace años. Están en La Palma. Mira qué guapos son –y José Enrique vio que aquel tipo gordo y dicharachero sacaba a flote, sin vergüenza alguna, el niño desvalido que algún día fue. En la foto había dos niños de unos cuatro y seis años y una mujer no demasiado guapa con rasgos indígenas y un pelo negro que le caía en tirabuzones por los lados de la cara–. La madre decía que yo le pegaba. Y es que tuvo un accidente de coche y se rompió todos los dientes de delante, ¡quedó feísima! –y rió con algo de placer–. Pero se fue así, sin dientes, al juez, y el tío se lo tragó todo. Ahora ella vive con un profesor de Filosofía que vino de la Península. ¡Ya ves!, ella con un profesor de Filosofía; ella, que no sabe hacer la o con un canuto, que la saqué yo de la pobreza de Venezuela y me la traje aquí para que supiera lo que era, realmente, la vida en Europa. ¡Ella, que sólo debería tener agradecimiento hacia mí! Y no veo a los niños desde hace...

Como de pronto Javier se percató de que José Enrique estaba desocupado y ya había terminado de comer, cambió de tema y le dijo:

–Oye, ¿por qué no me ayudas a traer los televisores aquí, al salón?

José Enrique se mostró bien dispuesto, moverse le parecía ganar tiempo. Cuando ya estaban en la habitación, Javier le pasó el televisor pequeño que estaba lleno de polvo. José Enrique no tuvo más remedio que abrazárselo contra el pecho. Todo su chaleco azul quedó empolvado y sucio. Javier le siguió detrás con el otro televisor. Los colocaron sobre la mesita con ruedas que había en el salón. Javier conectó la grande, movió el sofá cama y le ofreció asiento. Después de las intimidades reveladas, José Enrique no quería quedar mal con él. Pero una vez sentado, y mientras Javier había vuelto a la cocina, José Enrique se preguntó con más intensidad, con la intensidad de la que se suelen llenar las preguntas existenciales, qué hacía allí y cómo iba a seguir la tarde, ¿como dos amigos viendo una película en la tele?

–Javier, yo voy a tener que irme –dijo mientras se levantaba–. Es que he quedado con el dueño de una academia –mintió– ahora a las cuatro –Javier quiso hablar pero José Enrique aceleró el ritmo para explicarle toda la situación–, voy a apuntarme a una academia para que esto de venir a Tenerife todos los fines de semana me sea rentable.

–Pero, ¿que sólo vas a venir los fines de semana?

–Sí, te lo expliqué ayer: sólo trabajo los sábados por la mañana. Vengo los viernes y me voy los domingos o los sábados por la tarde.

–Ah, bueno. Entonces, ¿tú sólo vas a dormir aquí una o dos noches por semana? Lo que a ti te interesa es pagármela por noche. Mira, hacemos una cosa –pero ya José Enrique estaba recogiendo sus cosas–: tú me avisas los viernes y yo voy a recogerte al aeropuerto y luego el domingo te llevo.

–¿Cómo voy a hacer yo eso, Javier? Eso es un abuso –José Enrique se dirigió hacia la puerta.

–Y si necesitas lo del empadronamiento, yo hablo con mi tío, que es juez... –ya José Enrique sólo decía frases cortas de disculpa para salir de allí. Javier vio que su decisión era firme–. Espera, te acompaño y saco al perro.

Le abrió la puerta del pequeño patio al perro. Con todo lo grande que era vino dando saltos de contento como si fuera un perrito pequeño. José Enrique volvió a pensar que era mariquita: un perro mariquita haciéndose pipí.

Bajaron los tres en el ascensor. Javier comenzó a hablar en un melancólico tono de despedida, pero como si la despedida fuera de la vida y no de una nueva persona recién conocida.

–Hazte un seguro, José Enrique, hazte un seguro. Los seguros son muy importantes. A mí me quedó una pensión de invalidez. No es mucho, unas ciento treinta mil pesetas, pero eso me permite vivir así.

José Enrique intentó animarlo:

–Hombre, así puedes disfrutar de la vida. Y dentro de poco podrás volver a surfear.

–No, eso ya nunca, me quitarían la pensión.

–Ah.

Llegaron al portal y José Enrique intentó que no le acompañara a la parada del autobús. Javier insistió. Comenzaron a caminar y el perro se fue.

–¿Adónde va? –preguntó José Enrique.

–A casa de mi madre, vive en ese bloque de ahí abajo.

Al torcer la esquina del centro comercial, Javier vio que el autobús estaba a punto de irse. "Corre", le dijo a José Enrique. Éste comenzó a correr sin despedirse de Javier. Javier silbó fuerte, muy fuerte, como sólo saben silbar los pastores y los chavales de barrio. Al segundo silbido, el autobús, que ya comenzaba su marcha, se detuvo porque debía de haber oído el silbido. José Enrique siguió corriendo y se montó aceleradamente por la puerta delantera. Pagó y se fue hacia el fondo del autobús para decir adiós con la mano a Javier. Javier ya había dado la vuelta y se alejaba cojeando sin mirar atrás.

En el autobús José Enrique pensó en su nuevo trabajo, en los viajes; en su presente y en su futuro. Miró por la ventana y vio el mar y esas formaciones montañosas tan jóvenes que terminan en punta a muy baja altura y las laderas verdes.

El autobús siguió por la carretera, rodeando la isla, en dirección a la ciudad.

El verdadero viaje

Viajé al norte, pasando por Madrid, para visitar a un amigo. Durante el largo fin de semana, charlamos y conversamos principalmente sobre literatura y proyectos, y yo estuve pensando, casi durante los tres días, que estaba perdiendo el tiempo, que cada día viajar me parecía menos interesante y que cuando más feliz me encontraba era cuando estaba trabajando en mis lecturas y en mis textos. El lunes, después de comer, tomé el tren de vuelta hacia al sur. En este trayecto, y antes de cambiar de trenes en Madrid, fui leyendo un difícil libro sobre hermenéutica para un trabajo de investigación que tenía que realizar en breve. Enfrascado en esa lectura, cuando llegué a Madrid me di cuenta de que no había mirado ni un sólo momento el paisaje y que quizás por eso iba considerando, desde hacía ya algún tiempo, el tópico muchas veces oído pero poco creído de que el gran viaje estaba en los libros y no en los paisajes. Me bajé del tren parsimoniosamente y me dirigí a tomar un cercanías que conectaría la estación del norte con la del sur. Serían apenas quince minutos en un enlace urbano que ya otras muchas veces había tomado por otras razones de índole profesional. Cuando me monté en el cercanías pensé en leer algo para entretenerme durante este corto trayecto: el grueso tomo de hermenéutica no hubiera tenido sentido en tan corto viaje con el habitual barullo de los cercanías. Tomé entonces un pequeño libro que llevaba conmigo desde el comienzo del viaje y que hasta ese momento no me animé a leer. Cuando voy a realizar un viaje, lo primero en lo que pienso es en qué libros voy a llevar. Al principio pensé hacer el viaje en coche, pero cuando contemplé la posibilidad de leer durante horas sin tener otra cosa que hacer ni otra distracción con la que entretenerme, me decidí por el tren. Tomé el libro de hermenéutica por obligación, un libro de ensayos literarios de Borges para sorprender a mi amigo del norte, y el pequeño libro de relatos de Raymond Carver llamado *Catedral*. De Carver lo había leído todo, y casi siempre me había emocionado, pero me faltaba por leer éste, que, por lo demás, era uno de los más importantes, pero que por razones ahora olvidadas no llegué a comprar antes. Cuando subí al cercanías lo saqué del fondo del maletín de viaje, me dirigí a la señal y comencé a leer. El tren aún no había salido y al andén iban llegando gentes sin parar. El relato se llamaba *Parece una tontería*, y trataba de una señora de mediana edad que estaba en una pastelería encargando una tarta para su hijo que iba a cumplir el siguiente lunes ocho años. Ahí me detuve porque una enorme angustia se apoderó de mí. Recordé que ese relato fue una de las historias que llevó al cine Robert Altman en su película *Vidas cruzadas*, una historia que entonces me conmovió, y sobre la que estuve pensando luego, afectado, durante días. El niño de la tarta, inesperadamente, fue atropellado en la segunda página del libro. Y aquel niño, que para cualquier lector sólo hubiera sido el niño imaginado por un lector que lee la palabra *niño*, para mí fue el recuerdo de ese pequeño y vulnerable niño que vi en aquella película y que me hizo entristecer hasta el llanto y preguntarme entonces por cómo se hacen las películas con niños que deben mostrar sufrimiento, sencillez, vulnerabilidad; por niños que tienen que ser atropellados por un coche en una imagen que, todavía hoy, no he podido olvidar. El niño fue golpeado y enviado contra la acera. Se levantó tambaleante. La conductora del coche que lo había atropellado miró por el espejo retrovisor y cuando lo vio de pie se marchó preocupada. El niño caminó asustado hasta su casa. La madre le preguntó qué le pasaba. El niño lo contó someramente: "Me ha atropellado un coche", y se tumbó sobre su cama. La madre se asustó (cómo puede cambiar la vida en un sólo segundo, ahora estás vital, leyendo, quizás, una revista, y un segundo después tu pequeño hijo está sobre una cama, asustado y a punto de morir), la madre llamó al marido y luego éste a una ambulancia. Todo en el libro es muy rápido. Yo estaba leyendo y, entonces, ruidosamente, justo antes de cerrase las puertas para comenzar la marcha, entraron jaleosamente en el vagón tres robustos trabajadores, quizás de los ferrocarriles, que a grandes risotadas se mofaban de un par de compañeros que se habían quedado fuera. Los miré, y el mundo me pareció extraño, hostil. Ahora el tren estaba al completo, mucha gente se había tenido que quedar de pie, las risas se seguían oyendo ajenas al mundo; otros que hablaban tenían que elevar su voz para poder ser oídos por sus acompañantes; y yo estaba allí, herido como un débil niño de ocho años ante el rostro demudado de una madre, mientras que el ruido del exterior me arañaba el alma. Seguí leyendo. Los padres estaban en el hospital ante la cama del hijo que no volvía en sí. Los médicos le decían que todo estaba bien, que debería despertar en poco tiempo. Pero el tiempo pasaba y el niño no despertaba. Transcurriendo el segundo día, el padre decidió llegarse por casa. Allí recibió un par de llamadas telefónicas anónimas que no comprendió y que le exasperaron. Luego volvió al hospital y el niño aún no había despertado. Más pruebas y radiografías. Yo sabía qué iba a pasar y estaba totalmente angustiado. El mundo de Carver, el dolor de esos padres, era mío. El tren de cercanías llegó a la estación. Y yo bajé, y parecía haber miles de personas que ordenadamente y sin gran alboroto se movían como cucarachas en un atestado nido de carriles estrechos. Bajé del tren con mi pequeña maleta y vi el mundo y no lo comprendí. Yo era un extraño que no sólo bajaba de un tren sino que salía de un hospital, con mi hijo conmocionado; asustado por la posibilidad de la muerte absurda de mi niño pequeño; yo era un cuerpo herido, lleno de llagas que salía al doloroso contacto del mundo a sufrir sin comprender. Y mientras andaba, tirando de mi pequeña maleta, y veía que cientos de personas se agolpaban en las escaleras mecánicas, se distribuían por los andenes y por sus distintas salidas, me sentí tan pequeño como el vulnerable niño del hospital en los caminos absurdos hacia la muerte, entre las pléyades de hombres sin destino que se dirigen hacia ninguna parte en el más allá. Y pasé miedo. Angustia y miedo. Y debí seguir tirando de mi maleta sabiendo que aún me quedaba por leer la muerte sin sentido del niño y el dolor punzante de los padres. Y caminé hasta una cafetería de la estación y, por el propio aturdimiento que llevaba, no fui capaz de articular con orden las palabras de lo que quería y la camarera ordenó mis palabras y me sentí desorientado y perdido. Sabía que todavía debía sentarme en la estación esperando el tren que me llevara a casa, y que allí debería leer el final de la historia. Y sabía que sufriría. Caminé dolorido hasta el andén. El tren ya había llegado. Andaba lentamente en paralelo hasta mi vagón y todo lo que veía eran sombras de seres vivos, porque yo no estaba allí, sí quizás mi cuerpo, pero no yo. Y me senté casi veinte minutos antes de que saliera el tren y leí. La madre también se animó a ir a casa por unos momentos. Estando allí, una voz anónima volvió a llamar y dijo el nombre del niño. Ella pensó en lo peor y llamó histérica al hospital. Pero todo seguía igual. Luego volvió, y más médicos y más pruebas, y luego el niño murió de una manera horrible. Abrió los ojos, "los miró, pero sin dar muestras de reconocerlos. Luego se le abrió la boca, se le cerraron los ojos y gritó hasta que no le quedó aire en los pulmones. Entonces su rostro pareció relajarse y suavizarse. Se abrieron sus labios cuando el último aliento ascendió a su garganta y le salió suavemente entre los dientes apretados". Entonces, el tren, suavemente, se puso en marcha. Aún quedaban unas páginas. Yo estaba abatido, emocionado hasta el borde de las lágrimas y los padres apenas eran capaces de reaccionar. Despedidas, dejar el hospital con su niño allí muerto y primeras llamadas a los familiares. Al llegar ya de madrugada a casa volvieron a llamar anónimamente y ella gritó e insultó por el aparato. Sólo después, un rato después, por un detalle insignificante, ella recordó el encargo de la tarta para el cumpleaños del hijo y supo que era el pastelero quien la llamaba. Obligó a su marido a que la llevara hasta su obrador, llamaron a la puerta, se insultaron mutuamente en una batalla de incomunicación, hasta que ella dijo que su hijo había muerto. Entonces el pastelero se calmó, pidió disculpas, se avergonzó de su actitud, se preguntó a sí mismo quién era después del adocenamiento de tantos años de trabajo, y les ofreció sus pasteles y hablaron y comieron, y hablaron y comieron durante casi toda la noche y yo lloré desconsoladamente, casi con hipidos de llanto, con espasmos de vientre del dolor, la pena y la alegría. Y miré hacia afuera y atardecía con unos dulces colores rojo pastel. Y el llanto mojaba mi cara, y el revisor y las azafatas pasaban por mi lado, y una pareja de ancianos leía en el asiento contiguo y unos niños, atrás y entre juegos, reían y jugaban. Y yo viajaba en un viaje que fueron dos, aunque sólo fue uno.

El regalo

–¡Eduardo! ¿A que no sabes con quién he estado comiendo hoy?

–...

–Con el pamplinas de Rafalito.

El hombre estaba sentado tras la mesa de su despacho. Gesticulaba y sonreía abiertamente mientras hablaba.

–...

–Me llamó y me dijo que estaba aquí, que había terminado una reunión del Consejo Económico y Social y que por qué no comíamos juntos.

–...

–Ya te puedes imaginar... un coñazo. ¡No!, ha estado bien. Hemos hablado de política y lo he visto muy calmado y muy centrado.

José Enrique y Eduardo habían sido compañeros desde el colegio. Habían sido una pareja de líderes que eran capaces de movilizar todos los entornos por los que pasaban con su capacidad de gestión y carisma. El grupo había estado formado siempre por otros dos más, Juan y Luis, pero durante el tiempo del colegio siempre había habido un quinto queriendo entrar en el grupo pero sin un lugar consolidado. Este era Rafael Messa.

–...

–Rafa me ha dicho que a ver cuándo te afilias al partido, que necesita gente. No les va muy bien la cosa. Aunque todo es cuestión de acumular en sus filas a los enemigos del otro bando. Pero lo curioso es que hayamos comido juntos, ¿no te parece? Cuando estaba comiendo con él sólo pensaba: "Cuando se lo cuente a Eduardo..."

–...

–Sí, es raro comer con él. Pero me ha gustado que me llame.

Rafael le había llamado. Él estaba en la Universidad. Acababa de salir de clase.

–¿Dígame?

–Hola José Enrique, soy Rafael Messa.

–¡Rafa! ¿Dónde estás?

–Estoy aquí. Tenía una reunión...

–Te has dejado caer por la capital... qué bien. Y ¿has terminado? ¿Te puedes quedar a comer?

–Sí, te llamaba para eso. Podemos tomarnos algo.

–No sabes qué alegría me da que me hayas llamado. ¿Por dónde andas?

–Estoy cerca del Gobierno Civil.

–Ah, muy bien. Yo estoy en Bellas Artes. Ya sabes, muy cerca. Voy para allá. Espérame en la Plaza Nueva, junto al Bar José Luis. ¿Te parece?

–Sí, sí.

–Pues voy para allá. Estoy en cinco minutos.

José Enrique colgó. Ordenó unos papeles, cogió su maletín negro que tenía un asa larga para colgársela del hombro y salió en busca de su cita.

Él y Rafael no sólo habían coincidido en el colegio y en el instituto sino que después comenzaron a estudiar juntos Derecho. José Enrique consiguió ser pronto delegado de curso mientras Rafael se dedicaba a estudiar. Con su carisma natural, José Enrique estaba siempre organizando actividades, pero los estudios no le iban muy bien. Rafael, entre tanto, se afilió al Partido Progresista. Lo que hicieron después Luis –que también estudiaba Derecho– y el propio José Enrique. Rafael comenzó a hacer política de alto nivel: relación con profesores del partido, apoyo a candidatos con un futuro más allá de la Universidad; mientras José Enrique organizaba actividades culturales, exposiciones (ya por entonces apuntaba maneras en el dibujo y la fotografía), y seguía ganando elecciones de representante de clase. José Enrique comenzó a suspender. Y terminó por dejarlo.

–Hola Rafa.

–Hola José Enrique.

Rafael llevaba traje de chaqueta y corbata. José Enrique se debatía para deshacerse de la cinta de su maletín que le aprisionaba la solapa de la cazadora de entretiempo. Le lanzó la mano para dársela. Rafael cambió de mano una carpeta y unos papeles que llevaba en la mano derecha y se la estrechó.

–No veas qué calor, ¿no? –dijo José Enrique.

–Sí, ya empieza a apretar –dijo Rafael.

–¿Dónde quieres que comamos?

–No sé. En un lugar típico.

–Ah, pues aquí abajo hay un restaurante nuevo con arbolitos, que seguro que es fresco.

–Me parece bien –dijo Rafael.

–Qué alegría me da que me hayas llamado –dijo José Enrique.

–Es que hasta ahora no he tenido el número de tu móvil. Otras veces te he llamado a tu casa pero siempre salía el contestador. Menos mal que te has decidido a dejar el número de tu móvil en el mensaje.

–No. Es que antes no tenía móvil. Lo tengo sólo desde hace un par de meses. ¿Y qué has venido a hacer a esta ciudad de calor asfixiante?

–He venido a una reunión del Consejo Económico y Social.

–Y qué habéis hecho.

–He venido en sustitución de mi jefe del despacho.

–Pero, ¿y de qué ha ido la cosa?

–He tenido que votar. Sólo eso. Venía a votar. Los empresarios querían una cosa y los sindicatos otra. La verdad es que he llegado tarde. A la una y veinte.

–¿Has llegado tarde?

–Sí, pero la reunión era a la una.

–Ah –dijo José Enrique.

–He llegado justo para la votación. He votado y la reunión ha terminado. Yo creía que habría comida. Pero no la ha habido. Por eso te he llamado.

Durante los años siguientes a la Facultad, José Enrique había hecho muchas cosas, pero muy dispersas. Había vivido en Nueva York, en Colonia, en distintas provincias. Había ido presentando a su vuelta a casa a distintas mujeres de las que sus amigos ya habían perdido la cuenta y la pista. Había estudiado varias cosas, pero sus amigos sólo acertaban a saber que seguía con lo de la pintura. Mientras, Rafael y los otros tres del grupo se habían casado y el que menos tenía tres niños. Habían pasado veinte años desde que el instituto terminó y dieciséis desde que se separaron en la Facultad. Durante esos años se habían visto esporádicamente, en bodas, bautizos y últimamente en comuniones. La vida de José Enrique había sido la más inestable. Pero pocos meses atrás había conseguido una plaza en la Universidad.

–¿Te gusta esta terraza? –dijo José Enrique.

–Sí. Está bastante bien –dijo Rafael.

–¿Nos sentamos en esta mesa?

–Sí, por mí está bien –dijo Rafael.

–Venga, te dejo aquí y así tienes vista.

–Bueno, vale. Tú esto lo ves todos los días.

José Enrique comenzó a colocar la chaqueta de su cazadora y su maletín en una silla. Rafael hizo lo mismo en otra.

–Toma –dijo Rafael–, un bolígrafo del Consejo, yo no lo quiero para nada. Ya tengo de otras reuniones. ¡Hay que ver los bolígrafos que regalan!

El bolígrafo era de plástico casi transparente, de un verdoso pálido, con las palabras “Consejo Económico y Social” escritas en blanco. Un simple bolígrafo de publicidad.

–Uhmm, gracias.

José Enrique lo cogió con los dedos de ambas manos y lo miró. Vio su letrerito: “Consejo Económico y Social”, y lo puso sin mayor atención delante del plato.

–Pero, Edu, ¿sabes lo que ha hecho?: me ha regalado un bolígrafo de esos de publicidad.

–...

–¡Que ¿qué pasa?! Me he sentido fatal. No sé, me he sentido como un niño al que se le regalan las sobras del periódico del domingo. No, como al hijo que el padre le dice que le ha traído un regalo y le da un bolígrafo de publicidad que le han soltado en una reunión aburrida. ¡Como si el niño no se fuera a dar cuenta!

–...

–Sí, ya sé que son las cosas de Rafa. Pero es que precisamente ahora, ahora que soy profesor de Universidad, que venga regalándome boligrafitos...

–...

–Edu, Rafa sigue siendo el pelma de siempre. ¿A qué viene regalarme el bolígrafo de propaganda? ¿Porque le molestaba entre las manos? ¿Porque le fuera a manchar la tapicería de su cochazo a la vuelta?

»De todas maneras, ha sido una comida rarísima. Yo pensando: “joder, estoy comiendo con Rafalito Messa, cuando se lo cuente a Edu”.

–¡Qué bien se vive en esta ciudad! –dijo Rafael–. Si pudiera me vendría a vivir aquí. Ya hace años que lo llevo diciendo.

–Bueno, pero cuando se acerca el verano no hay nada como la playita.

–Pero aquí están los centros de poder, aquí se cuecen las cosas importantes. Y además, esta ciudad es muy señorial.

–Oye, ¿y a Luis, cómo le va? Sí, perdone. ¿Qué quieres tomar Rafa?

–Yo, una cerveza.

–Pues a mí tráigame agua.

–¿Sin gas, señor? –preguntó el camarero.

–Sí, sin gas.

–Pero ¿quién beberá agua con gas en este país? –preguntó José Enrique cuando el camarero ya se había marchado–. ¡Mira que me da coraje que me lo pregunten! Y todo eso para confirmar que es un botellín lo que te van a traer y no un vaso de agua. Un día les voy a decir: "Sí, con gas", a ver si tienen. Y cuando me digan: "Pues no nos queda", les diré: "Pues entonces ¿para qué lo preguntas...?".

»Donde sólo había agua con gas –siguió diciendo José Enrique mientras Rafael seguía mirando la carta– es en Panamá. Allí sólo había agua con gas; y la del grifo estaba contaminada. Allí sí que bebí agua con gas. Estaba malísima.

–Podríamos pedir pescado.

–Sí, pide lo que quieras. Es curioso que aquí, tierra adentro, haya mejor pescado que en la costa.

»Bueno, y a tu jefe ¿cómo le va?

–Él se lo monta muy bien, pero políticamente no se come una rosca.

–Bueno, tiene un buen puesto.

–Pero no le vale de mucho.

–Para viajar, seguro que...

–Pero ése ya ha viajado todo lo que ha querido.

–Eso sí.

»Sí, él va a tomar...

–Lubina a la sal.

–¿Lubina? ¿Qué tal está? –le preguntó al camarero.

–Es excelente, señor.

–Bueno, yo también tomaré lubina.

Eduardo y Juan, los otros dos viejos amigos, siempre se habían reído de Rafael. Lo respetaban porque sabían que dentro de su forma de ser, era brillante. Fue brillante en el colegio, en el instituto y luego en la Universidad. Nunca había hecho ninguna tontería. Se casó con una mujer inteligente y tuvo cuatro hijos. Fue el primero en afiliarse al partido y el primero en ser seguidista de los mandos, primero en la Universidad y luego en el propio aparato del partido. Ahora era Secretario General de una Agrupación Local.

–Porque vosotros –siguió diciendo José Enrique–, en cierto sentido dependéis de su carrera, ¿no?

–La verdad es que sí, dependemos de él para las grandes alturas; pero para los niveles en los que nos movemos ahora ya nos bastamos solos. De todas maneras, si quieres que te diga la verdad, todas mis ambiciones políticas ya han sido colmadas con creces. Ya no quiero más.

–Qué pasa, ¿es muy quemante? –dijo José Enrique.

–No sabes hasta qué punto. Luis está a punto de reventar.

–¿Muchas puñaladas?

–Continuamente. Y ahora más.

–¿No crees que habéis apostado a perdedor con lo de las últimas elecciones?

–Mira, José Enrique, tal como yo lo veo: todo fluctúa. Nosotros apoyamos a Paco: si ganamos, hemos ganado; y si perdemos, somos el otro bando declarado y sólo hay que esperar a que los insatisfechos vayan poniéndose de nuestro lado. Pero, de todas maneras, ya te he dicho que por mí ya tengo bastante. Mi auténtico héroe eres tú. ¿Cuánto ganas?

–Bueno, ahora poco, estoy empezando.

–Pero si yo hubiera seguido en la Universidad ahora estaría ganando un buen sueldo, con muchas menos horas de trabajo y podría estar todo el día leyendo y escribiendo sobre política y dedicándome a la fotografía o a la pintura si quisiera.

–Sí, la verdad es que eso es bastante satisfactorio. Yo, fíjate la cantidad de cosas que organizo. Ahora estoy...

–Tengo unas cuantas fotos que me gustaría enseñarte.

–Pues nada –dijo José Enrique poniendo una sonrisa un poco forzada–, invítame a verlas o mándamelas por correo electrónico.

–Sí. Pero es que al final no tengo tiempo y... Y las ideas estéticas se me van pronto.

–Huyen, como no las ates. Y, aún así, luego te decepcionan. Te dices: "¿esto lo he hecho yo?" o "¿y qué gracia tiene esto, a quién le va a gustar?".

–Pero Edu, me sorprendió Rafa. Lo vi muy centrado. Decía que debería haberse dedicado a la Universidad.

–...

–Y que sus ambiciones políticas ya estaban colmadas.

–...

–Bueno, ha llegado a Secretario General de una agrupación.

»Pero es que se ha dado cuenta de que hacer algo, algo real y tangible, por la gente es muy difícil. Todo está muy condicionado, dice y...

–...

–Hombre, compréndelo, todos hemos creído que podríamos cambiar algo.

Rafael y José Enrique se separaron cuando estudiaban Derecho. Ellos dos y Luis empezaron juntos, pero José Enrique lo dejó y luego volvió. Entonces, su mejor amigo –Luis– ya era íntimo de Rafael, y lo hacían todo juntos. En unas elecciones, tiempo después de que los tres se hubieran afiliado al Partido Progresista, hablaron con la idea de entrar en una candidatura universitaria de izquierdas, pero fueron llamados por una profesora que era del propio partido y que les dijo que debían hacer una candidatura del partido. Rafael y Luis fueron los primeros convencidos. Luego la profesora llamó a José Enrique y sentándolo en su despacho le dijo que ella tenía un problema particular con el Decano de entonces que no le permitía compaginar su trabajo sindical con el de profesora y que iba a por él, y que para eso los necesitaba a ellos tres que eran del partido, delegados y líderes. José Enrique no quiso entrar en lo que le pareció una burda utilización de las ideas políticas –y de ellos mismos– para problemas personales, y se negó. Lo habló con Rafael y Luis, y los otros entendieron que les convenía políticamente seguir las directrices de aquella importante profesora. Él no quiso, le pareció demasiado pronto para empezar a vender sus ideales. Luego, en la campaña electoral, yendo clase por clase, José Enrique contó a todos los compañeros de Rafael y Luis la propuesta de aquella profesora y las intenciones de sus dos amigos presentándose en una candidatura aparte. Aquello supuso una ruptura definitiva. Rafael y Luis se enfrentaron con José Enrique y le llamaron traidor y mil cosas más. Tardaron en retomar las relaciones normales que, en realidad, nunca habían vuelto ya a la situación inicial, quizás por aquel incidente o, simplemente, por el distanciamiento fáctico de José Enrique que luego dejó la carrera y más tarde se fue de la ciudad.

–Ya no creo en la posibilidad de cambiar las cosas para que, verdaderamente, le afecte de manera positiva a la gente –dijo Rafael, mientras seccionaba y limpiaba su pescado–. Todo son decisiones muy abstractas y están muy condicionadas por otras cosas que no son el servicio a la gente. Quizás siendo Concejal..., pero poco más.

–Hombre, redactar una ley debe de ser...

–Sí –dijo Rafael con gran satisfacción, como si saboreara un merengue antes de probarlo–, redactar una ley...

»Aunque también debe haber unos condicionantes...

–Ya ves...

»Yo ahora estoy enfadadísimo con lo de la reducción de los tramos en la declaración de la renta. Es que parece que no pero nos van colando unos goles. Parecía que iban a hacer política de centro y nos van colocando unos derechazos.

–Pero yo he hecho los cálculos y es que... Es que en realidad no está tan claro. Lo que no se recauda queda en manos de empresarios, y es dinero que se mueve, y trabajo que se crea. El Estado gasta pero no tiene mucha capacidad para crear...

–...Hombre, Rafa... Pero igual son rentas que se están escapando del país...

–Más se escapan si las gravas en exceso. Mira los deportistas...

–No, si es lo que yo digo –dijo José Enrique–, ya no hay una sola verdad que se mantenga...

–Por eso... Al final, el arte y tener tiempo libre es lo más importante.

–No, si eso es lo que yo hago. Ahora estoy organizando...

Rafael, estando en primero de carrera, se apuntó un día al Partido y se lo dijo a Luis y a José Enrique: "Hay que afiliarse, para que luego no digan que somos unos arribistas, y así, cuando nos llamen, podremos decir que llevamos diez años en el partido". Ya llevaban veinte y a José Enrique no le había servido de nada. Durante el gobierno de "los suyos" no le organizaban exposiciones porque "se fuera a notar". Y durante el gobierno de los otros por supuesto que menos. Rafael y Luis se habían puesto a la sombra del que fue Decano entonces y luego Rector y luego Consejero, pero no terminaban de despegar. Luis había tenido algunas buenas propuestas, pero Rafael siempre le había aconsejado el Parlamento, nada de escala inferior. Ahora Rafael y José Enrique estaban comiendo tranquilamente en un buen restaurante, hablando de todo y de nada, bajo la sombra de unos frescos árboles.

–Déjame que pague yo –dijo Rafael cuando ya se disponían a irse.

–No, de eso nada. Tú eres el visitante.

–Pero yo pido la factura y se la paso al despacho.

–Ah, bueno, si es así...

Rafael y José Enrique se levantaron. Rafael se puso su chaqueta; José Enrique su cazadora y cogió su maletín. José Enrique salió primero para marcar el camino. Rafael dijo:

–¡El bolígrafo!, no te olvides.

–Ah, sí –dijo José Enrique–. Perdona, no me había dado cuenta –y lo guardó en el bolsillo interior de su cazadora.

–Pero Edu, mira lo que pasó al final. Cuando nos íbamos, nos levantamos, nos ponemos las chaquetas, me pongo a salir y de pronto me dice: "¡El bolígrafo!". ¡Se me había olvidado el bolígrafo! Esto debe ser un acto fallido de esos freudianos. Encima de que me regala el bolígrafo, se me olvida ¡y él tiene que recordármelo! Y allí me ves cogiendo el bolígrafo, todo colorado, pidiéndole disculpas y yo diciéndome: "¡Cuando se lo cuente a Eduardo!".

No te preocupes

Cuando Esther y yo nos compramos el apartamento en la playa fuimos a visitar a Luis y a su mujer, Victoria, a su chalet, que estaba cerca de nuestro nuevo piso y donde vivían permanentemente. Aparcamos delante de la verja de su casa, cubierta doblemente por unos pinos bajos que la separaban de la calle principal. Cuando llamé al timbre de la puerta pude comprobar que por entre la celosía de su valla esos árboles no permitían ver ni un solo milímetro de lo que ocurriera dentro. Al momento pudimos oír, Esther y yo, la voz de un niño pequeño que preguntaba:

–¿Quién es?

–Soy Enrique, Eduardo –le dije al niño, que reconocí por su voz desde mi lado de la puerta.

–¡Mamá, es Enrique, es Enrique! –gritó con alegría el niño. Su madre llegó a la puerta con un manojo de llaves.

–Sí, sí, es Enrique, Edu. Ya sé que es Enrique. Hola, Enrique –gritó Victoria–. Espera, que esta puerta siempre se encaja.

La puerta era de metal, una gran chapa lisa de color verde, sin un solo resquicio de espacio que dejara ver el interior de la casa.

–Hola, Enrique. Ah, hola, Esther –dijo mirando ahora a mi mujer.

–Hola, Victoria –dijimos los dos casi al mismo tiempo. El pequeño Eduardo se abalanzó sobre mí.

–Oye, Eduardo, qué grande estás, ya casi no te puedo coger en brazos.

–Ese coche es nuevo, ¿verdad?

–Muy bien, Eduardo, veo que te fijas –le dije.

–Pasad, pasad –nos dijo Victoria–, Luis está en el despacho. ¡Mira quién ha venido, Luis, es Enrique! Y Esther –Victoria cerró la puerta de metal que sonó como un gran gong chino de bienvenida. Luis salió en pantalones cortos y con sus gafitas doradas, que le daban presencia de antiguo profesor universitario.

–Hola, Luis –le dije.

–Hola, Enrique, ¡hola Esther!, cada día más guapa.

–¡Papá, papá, Enrique trae un coche nuevo!

–Ah, ¿sí? –me dijo Luis.

–Bueno, nada de importancia –le dije–, uno de segunda mano para tener por fin aire acondicionado.

–Victoria también quiere comprarse uno nuevo, el antiguo está bastante estropeado.

–Sí, y no tiene aire acondicionado –replicó Victoria–. Pero pasad.

–No, déjame que les enseñe primero el nuevo trastero.

–Ah, ¿ya te lo han terminado? –le dije.

–Es verdad, tú ya lo habías visto en construcción –dijo Victoria.

–No, me parece que sólo había visto el hueco. La verdad es que no me acuerdo muy bien –le dije mientras nos acercábamos–. ¡Bueno –exclamé al verla–, pero si es toda una casa para invitados!

–Mejor no grites –me dijo Luis–, hemos tenido problemas con los vecinos de atrás.

–¿Y eso...? –pregunté.

–Hola, Enrique.

–¡Hola, Enrique! –dijeron uno tras otro los otros dos niños de Victoria y Luis. El mayor era un poco más apocado, estaba en esa edad en la que seguro que le apetecía salir corriendo y echarse en mis brazos, pero ya le avergonzaba. El otro, Guillermo, de unos ocho años, era el deshinibido de los hermanos y se me tiró encima. Yo le di varias vueltas en el aire entre risas, mientras el mayor, Pablo, miraba con cara de celos mi actitud con Guillermo. Luego me fui para Pablo y me tiré a sus costillas con el dedo para hacerle reír y romper su actitud de guardián de la corrección entre hermanos. En un segundo se puso a jugar conmigo como si fuera un niño chico, se divertía y jaleaba.

–¿Ves, Enrique? –me dijo Luis tras el saludo de sus hijos–, aquí ya podemos meter las bicicletas...

–Ah, y la lavadora –le interrumpí yo.

–Sí, es que dentro de la casa ya no nos cabían más cosas.

–Pero, vamos, que se te ha quedado... que en un momento determinado metes dos camas y te sirve de casa de invitados –le dije medio en broma.

–No, aquí vamos a poner unas tablas para repisas, para guardar cosas.

–Es verdad que en este mundo consumista cada vez tenemos más cosas, y metemos y metemos en casa. Yo a veces me pregunto...

–...Y aquí voy a guardar los troncos para la chimenea.

–Ah.

Las mujeres seguían nuestra conversación y miraban el cuarto trastero según les íbamos dejando espacio. Los niños perdían un poco el tiempo, escuchaban a su padre, y el pequeño Eduardo se me agarraba al pantalón o me enseñaba su bicicleta.

Después de un rato pasamos al interior de la casa por la entrada de la cocina. Victoria nos planteó la posibilidad de tomar algo, un café, o un té, como sabía que a mí me gustaba. Nosotros rehusamos porque no queríamos quedarnos mucho tiempo y aquella sólo había sido una visita de cortesía para que supieran que estábamos allí junto a ellos. El plan era quedar por la noche, o para otra noche, e irnos a cenar tranquilamente nosotros solos o con los niños y otra pareja y sus niños.

Al cabo de un rato no muy largo nos pasaron al salón. Victoria quería enseñarnos una canción que sabía tocar al piano y los niños pululaban siempre por la escena poniendo la tele y toqueteando el mando del televisor o aporreando el piano mientras la madre quería tocarnos su canción.

–Ven a mi despacho –me dijo Luis.

–Déjame que le enseñe a Enrique el juego de penaltis, Papá –dijo Pablo, el mayor de los tres, que siempre se adelantaba a nuestros movimientos y que ya estaba sentado delante del ordenador.

–Pablo es un experto ya en ordenadores –me dijo con orgullo su padre–. Pero no, Pablo, déjanos un momento que quiero enseñarle a Enrique algunas cosas de Internet.

–Papá, pero yo quiero quedarme, también yo quiero verlo –dijo medio llorando y enfurruñado.

–No. Mira, es que las cosas que voy a enseñarle son del trabajo. Y es que los mayores tenemos que tener derecho a hablar entre nosotros sin que nos molestéis, ¿lo entiendes?

–¡Ya quiere enseñarle porno duro a tu marido el mío! –gritó medio riendo desde la otra habitación Victoria, dirigiéndose a Esther.

–¡Anda, niño, que te vayas! –le ordenó por fin el padre al mayor de los tres.

Luis cerró la puerta y, efectivamente, se conectó con una página de Internet que tardó en descargarse, donde apareció la mujer con los pechos más grandes que yo había visto en mi vida. Sin exagerar le llegaban más abajo del pubis, y no endebles y canijos sino gordos e inflados como ubres de vaca grande. Después la mujer comenzó a moverse –todo nos llegaba con el típico movimiento por imágenes informáticas que pasa de secuencia en secuencia como por saltos, que lo hacía todo aún más ridículo. Luis reía. Y yo esbozaba una medio sonrisa, fingiendo interés, sorpresa y diversión.

Victoria entró de pronto y riéndose le decía a Esther: –Míralos, míralos, ¿no te lo dije? Ahí los tienes, como niños pequeños embobados con unas tetas gigantes.

Esther también se sorprendió, pero de los pechos, y se acercó a la pantalla para verlos con curiosidad.

–Pero, eso..., ¿son de verdad? ¡Mira que operarse para eso!

Pablo entró en ese momento y rió escandalosamente y gritó llamando a los hermanos. Cuando los otros estaban llegando, Luis ya había conseguido quitar la página de en medio. Guillermo y Eduardo gritaban que querían verlo:

–¡Déjanos verlo, Papá, déjanos verlo!

–No, niños, que eso es para mayores –replicó el padre un poco azorado.

–Pero Pablo lo ha visto –dijo Guillermo, amenazando con ponerse a llorar.

Victoria consiguió llevarse a Esther para el salón de nuevo y Luis apagó todo y me miró con una sonrisa irónica y cómplice, orgulloso de su hallazgo no obstante haber sido pillado y los niños y sus preguntas, y ahora los llantos.

En el salón, y ya casi cuando nos íbamos, Victoria nos dijo:

–Oye, Luis, vamos a comprarnos un sofá nuevo, porque éste está ya que se cae y como ahora los niños están mayores... ¿Os interesaría llevároslo cuando llegue el nuevo?

–Ah, por mí sí –dije, esperando la aprobación de Esther–. El que tenemos, que es de los antiguos dueños de la casa, además de horrible (tiene un color azul turquesa insoportable) está muy estropeado y, ¡encima!, ni siquiera es un sofá de salón sino un sofá-cama muy ancho, porque debajo está el colchón, y bastante incómodo.

–Este no está muy bien, ya te he dicho –me dijo Victoria acercándose más a él. Entonces levantó la funda que tenía y vimos que realmente estaba destrozado–. Los niños lo han destrozado. Se subían con los zapatos y yo he llegado a ver cómo tiraban hacia atrás cuando se les quedaba enganchada la hebilla de los zapatos. Y, fíjate, lo han destrozado.

Efectivamente pudimos ver cómo debajo de la funda había muchas pequeñas rajas y cómo el trenzado natural de la tela no existía en algunos lugares.

–Pero si no os importa –continuó Victoria–, la funda me la voy a quedar yo para el otro. Siempre son útiles, ¿sabes?

–Sí, claro, no te preocupes –me apresuré a afirmar.

–En el mercadillo, el otro día, mi cuñada se compró una funda preciosa para su sofá.

–Ah, en el mercadillo. ¿Y eso es fácil de comprar? –pregunté yo, realmente inocente.

–Sí, bueno, te llevas las medidas y hay para todos los tamaños. El que está mucho mejor es el sillón.

Eso me alegró, y ya me imaginé sentado tranquilamente, leyendo y mirando al mar. Victoria continuó:

–Seguro que no tenéis dificultad para encontrar una funda que os guste. Es que ésta la compré hace poco y me puede servir para el nuevo cuando se estropee.

–Sí, sí, no te preocupes –volví a decirle.

–Pensadlo y me lo decís, porque cuando vengan los del nuevo sofá yo les digo que se lo lleven y ya está. Si lo queréis, venís por él o mandáis a alguien y os lo lleváis.

–Sí, sí, no te preocupes, yo busco a alguien que nos lo lleve –le dije.

–Pero por lo menos tardarán veinte días.

–Sí, sí, lo sé. No te preocupes. No tenemos prisa. Los muebles tardan...

–En realidad todavía no lo hemos elegido. Pero ya hemos tomado la determinación de cambiarlo...

–Ah, y entonces, es cuestión de...

–Lo importante es que ya lo hemos decidido, ¿verdad, Luis? Y el sillón está muy bien.

–Sí, sí. Está muy bien. Y además no tenemos sillón ahora mismo. Ya me imagino yo ahí...

–Tú mandas a alguien y se lo llevan. Y la funda la puedes comprar en el mercadillo.

–Bueno, nos vamos a ir yendo.

–Sí, es tarde –dijo Esther.

–No te vayas, Enrique –se quejó Guillermo.

–Sí, no te vayas –se agarró a mí el pequeño.

–Enrique y Esther se tienen que ir a su casa –dijo Victoria.

–¡No, me voy a quedar a vivir aquí, ¡para siempre! –medio grité estentóreamente dirigiéndome a los niños para que se rieran, mientras nos íbamos acercando a la puerta.

–¡Sí, sí! –gritaron los niños alegres.

–Eso –dijo Victoria– él se queda aquí a dormir y alguno de vosotros tendrá que quedarse a dormir en la bañera.

–Bueno, a mí no me importa –dijo Guillermo.

Victoria abrió la puerta. La calle volvió a verse, y en ella el coche. Luis dijo: –Ah, ¿ese es tu coche nuevo? Es muy bonito.

–Bueno, normal. Yo no quería algo muy llamativo.

–¡¿Este es tu coche?!, ¡¿este es tu coche?! –dijo Guillermo. Pablo lo miraba con curiosidad.

–Niños, tened cuidado con los coches –dijo la madre.

–Pero si por aquí nunca pasan coches, Mamá –dijo Pablo, enfadado.

–Se ve muy bien –dijo Luis–. ¿Cuántos kilómetros tiene?

–Más de cincuenta mil –le dije.

–Ah, son pocos, ¿no?

–No. A mí me parecen muchos. Es lo peor que veo del coche.

–A ver si salimos a cenar –dijo Victoria–. Podemos llamar a Juan y salir a cenar una noche.

–Sí, cuando queráis.

Yo le di la mano a Luis y después le di dos besos a Victoria. Mientras intentaba despedirme de los niños que no se estaban quietos, Esther le dio un par de besos a Luis y a Victoria. A Pablo le tendí la mano. Él me la dio como extrañado, sin saber muy bien si eso era lo que quería. Luego lo atraje de un tirón y le di un achuchón. Sonrió, tímido. Me abalancé sobre

Guillermo y nos abrazamos brusca y divertidamente. El pequeño, que se agarraba a su madre, me miraba de lado como tímido. Lo besé en la cabeza, sobre el pelo.

–Adiós, Eduardo –le dije–. Bueno, nos llamamos, ¿vale? Avísame cuando tengáis el nuevo sofá –le dije a Victoria mientras nos metíamos en el coche.

–Sí, sí. Yo te llamo.

–Adiós Luis.

–Adiós Enrique.

Salimos marcha atrás de la calle. Victoria y Luis nos decían adiós con la mano. Guillermo y Eduardo correteaban en varias direcciones. Pablo hablaba con su padre y le cogía de la mano. El coche giró de espaldas en una calle cercana, se orientó hacia delante y tomamos camino de casa.

Cuando llegamos, me fui directamente a orinar. Había tomado un té por la tarde y llevaba mucho tiempo aguantando. Mientras orinaba le dije a Esther, un poco a voces para que me oyera desde fuera: "Hay que ver que nos regale el sofá y se quede con la funda".

Esther no dijo nada. Después, cuando yo me estaba lavando las manos, ella dijo:

–¿Y crees que cabrá en esta pared el sofá?

–Sí, yo creo que sí –le dije–. Pero deberíamos medirlo.

–Y el sillón... ¿dónde lo vamos a meter?

–Bueno, llevo pensando algún tiempo que deberíamos cambiar la colocación de algunos muebles del comedor. Quizás podríamos quitar la mesa –y con tono juguetón, como de niño caprichoso, le dije–: Me gustaría poner el sillón aquí, frente al balcón, para poder ver el mar.

–Bueno, ya veremos... ¿Quién lo va a traer?

–No sé. Me parece que mi madre dijo que conocía a un hombre con una furgoneta que hacía pequeños portes.

–¿Y cómo lo vamos a subir? Podrían subirlo por el balcón.

–Sí, un hombre con una furgoneta va a tener todo el aparataje –"aparataje", le dije– necesario para poder subir un sofá por el balcón tres pisos...

Esther guardó silencio y se fue a la cocina a prepararse algo de picar. Yo me puse el pijama y comencé a recordar mis viajes. Ahora que tenía el apartamento en la playa comprendía que mis días de viajes durante las vacaciones habían terminado. Era una opción aceptada y deseada, pero a veces me daba miedo haber entrado en el monótono círculo de vacaciones estables en un mismo lugar. Cuando me ponía el pijama volví a recordar que en algún momento determinado de un azaroso viaje a Centroamérica, después de muchos caminos, y no poca aventura, llegué a una cabaña frente al Caribe donde conseguí una tumbona y me puse a leer. Entonces pensé que si lo único que quería en mis viajes era encontrar un lugar donde ponerme a leer, qué hacía tan lejos de casa. Fue entonces cuando pensé que me estaba equivocando y que debía encontrar un lugar tranquilo cerca de casa donde pudiera leer mirando el mar. No obstante, cuando estaba poniéndome el pijama tuve un poco de miedo ante mi nueva vida, ante mi nuevo estilo de vida, calmo y tranquilo, donde por fin había conseguido un lugar estable en el que leer.

Un par de semanas después llamé por teléfono a Victoria para felicitar al pequeño Eduardo por su cumpleaños –yo tenía anotados todos los cumpleaños de ellos, porque eran como mi segunda familia y me parecía simpático tener una excusa para llamarlos de vez en cuando. Nada más comenzar la conversación, Victoria me dijo:

–Todavía no hemos comprado el sofá.

–No te preocupes, nosotros no tenemos prisa –me apresuré a decirle.

–Y ¿sabes lo que he pensado? –me dijo–, que no me voy a quedar con la funda. Quedáosla vosotros. Además, igual no le sirve a nuestro sofá nuevo.

–Bueno, yo..., como tú quieras. Para nosotros es más cómodo –le dije–. Y si luego la queréis, podemos devolvérosla.

–No, no, ni hablar. No te preocupes. Os la quedáis y ya está.

–Oye, por cierto –le dije, intentando cambiar de tema–, este fin de semana vamos a ir al apartamento, a ver si nos vemos.

–Sí –dijo ella–. A ver si quedamos para cenar con Juan. Tú no te preocupes, yo llamo a Juan y quedamos para cenar el sábado los seis.

–Ah, estupendo. Entonces te llamo el sábado y me cuentas, ¿vale?

–Vale. Hasta el sábado. Pero para este sábado no estará aquí el nuevo sofá.

–Ya, ya, no te preocupes –le dije.

–Bueno hasta el sábado.

–Hasta el sábado.

Cuando el sábado por la mañana íbamos para el apartamento le dije a Esther:

–Oye, ¿sabes?, el martes estuve hablando con Victoria. Era el cumpleaños de Eduardito y lo llamé para felicitarlo. Me dijo que nos regalaría también la funda del sofá.

Esther guardó silencio y luego me dijo:

–¿Y qué te ha dicho Eduardito?

–Bueno, en fin, no llegué a hablar con él. Muchas veces llamo para felicitar a los niños y sólo hablo con Victoria. Ella luego les dice que yo los he llamado. Casi lo prefiero, porque a veces no sé qué decirles a los niños. Están en esa edad, no sé, en la que es más fácil revolcarse con ellos que mantener una conversación telefónica. Y como no quiero entrar en los tópico de qué te han regalado y todo eso, pues, no sé, casi lo prefiero... Por cierto, que me ha dicho que intentarían quedar con Juan y Carmen esta noche para cenar.

–Ah, qué bien –dijo Esther.

A primera hora de la tarde, llamé a Victoria y cogió el teléfono Luis.

–Hola, Luis, ¿cómo andas? Soy Enrique.

–Hola, Enrique. Me alegro de oírte. ¿Por dónde andáis?

–Estamos aquí, en el apartamento –le dije–. Oye, ¿vamos a vernos esta noche? Me dijo Victoria que iba a llamar a Juan para ir a cenar o algo así.

–Ah, pues es la primera noticia que tengo. No me ha dicho ni una sola palabra de eso. Y esta tarde vamos a ir a un nuevo centro comercial que han abierto y no llegaremos hasta tarde.

–Ah, bueno... –balbuceé.

–Oye, pero si quieres, os llamamos cuando volvamos. Los niños están deseando verte.

–No, no. No te preocupes. Si no es esta noche ya nos veremos mañana.

–Bueno, como quieras. Pero luego os llamamos, por si acaso estáis y os apetece pasaros.

–Bueno, vale. Entonces hasta luego.

–Hasta luego.

Cuando colgué el teléfono miré hacia el mar. Las olas se desplazaban de derecha a izquierda, suave y mansamente. El sol calentaba lo justo para no molestar. Era una tarde estupenda. Cogí las gafas de sol, una gorra, un cojín y un libro. Me puse la gorra y las gafas de sol, coloqué el cojín en una de las sillas de la terraza, me senté, planté los pies sobre la mesa y empecé a leer. Era una tarde magnífica.

Concentración

–¿Dígame...?

–...

–Hola, Bonita.

–...

–Traduciendo, hija, como siempre. Pero me viene bien que me llames, porque ya necesitaba un descansito.

Jorge, usando el ratón del ordenador, comenzó a cerrar el programa con el que estaba escribiendo.

–No, no consigo terminarlo.

–...

–Bueno, parece fácil, pero no lo es. Ese es el problema de Lorrie y de todos sus antecesores, hay que hacerlo parecer sencillo, coloquial, cuando en realidad está lleno de matices. Y menos mal que utiliza modismos de la costa Este, porque con los otros hubiera tenido muchas dificultades.

–...

–Sí. No, ahora no pierdo mucho el tiempo.

–...

–¿Esa película?

–...

–No. No la he visto.

–...

–Sí, ahora está habiendo muchas del género.

–...

–Bueno, me has pillado. Es que cerrando los programas he visto que me quedaba una cosilla muy chica por hacer... Espera... Ya termino. Es que tengo... tenía que apuntar unos libros que he pillado por Internet, que ya son bastante famosos allí y que me gustaría ofrecerle a Esperanza para ver si el consejo de administración empieza a interesarse por ellos. Tienen buena pinta: *Who will run the Frog Hospital* y otro es *Anagrams*. Pero el que me gustaría traducir es un relato que publicó en *The NewYorker* que, mira, así, a bote pronto, se podría traducir como *Gente así es la única que hay por aquí* (dos puntos) *farfullar canónico en oncología pediátrica.* Todo eso.

–...

–Sí, sí.

Jorge apagó el ordenador y, con el teléfono inalámbrico en la mano se levantó en dirección a la ventana.

–Y a ti, ¿te está cundiendo?

–...

Abrió la ventana y, con el teléfono siempre junto al oído, sacó un poco la cabeza para que le diera el aire. Oyendo hablar a Patricia se relajó, siguiendo la conversación a medias mientras se aflojaba un poco el pantalón. Se tiró de la entrepierna y metió su mano libre por la cintura liberando su piel de la presión del cinturón. Pasó la mano por todo el perímetro, ahuecó de nuevo la cintura del pantalón y se ventiló un poco con la propia tela que tenía agarrada para que le entrara aire lo más abajo posible.

–Vaya.

–...

–Espera, espera que me aclare. ¿El muchacho dice que mientras hablaba con su padre, ciego, se le ocurrió, así, de buenas a primeras, quemar un fleco del mantel que tenían sobre la mesa y estuvo a punto de quemar al padre?

–...

–...Que estaba jugando con el mechero... Es que la gente está fatal. Se ven unas cosas. ¿Y tú que vas a alegar?

–...

–¿Pero de verdad crees que fue un acto inconsciente?

–...

–...Que se estaba aburriendo. Ese, lo que tiene es una cara...

–...

–Hiperactivo... Ya.

–...

–Si de mí dependiera, lo crujía. La gente tiene que ser responsable...

Se apoyó contra el alféizar de la ventana con la mirada perdida. Ante sus ojos estaba el paisaje de siempre en su casa de campo: una pequeña ladera con unos cuantos árboles y algunos postes de luz, a la derecha una suave montaña que se incorporaba al lienzo que se abría ante él. Y por todas partes luz, mucha luz.

–¿Pero tú crees que el juez se lo leerá?

–...

–No, lo digo porque vayas a pasarte toda la tarde haciendo un escrito que con llamar al Secretario... se lo cuentas y a lo mejor...

–...

–Sí, pero aunque tengas el modelo, luego te pones a rehacerlo y cuando te vas a dar cuenta han pasado dos horas.

–...

–Bueno, bueno. Si como tú lo hagas seguro que es lo mejor. No sé para qué me meto si yo...

–...

Desde la ventana veía formaciones de pájaros que, escalonadamente y en perfecta uve, se dirigían del este al oeste, y se quedaba mirándolos atentamente, como quien no puede creerse que eso funcione de manera tan exacta. Sobre los árboles más cercanos y sobre los cables de luz que unían unos postes con otros, se posaban ocasionalmente algunos pájaros jugueteando y algunas palomas de campo.

–...

–Ah, pues es interesante.

–...

–Lo bueno de los abogados es que os pasáis el día entre textos de una corrección semántica y gramatical...

–...

–Bueno, quizás gramatical no. Pero el vocabulario... No me dirás que...

–...

–En las conferencias de juristas yo disfruto sólo con oírlos, aunque no me esté enterando de...

–...

–Sí, los profesores más. Pero las sentencias del tribunal Constitucional parecen que...

–...

–Claro, los periódicos acotan...

–...

Jorge comenzó a moverse por la casa mientras seguía con el aparato junto a la oreja. Retiró los periódicos que había sobre el sofá. Los leídos los puso en el revistero de la derecha, los que estaban por leer en el de la izquierda. Cuando tomó las revistas semanales vio una foto que le atrajo, y leyó el titular: "Después de vivir solo creo que nunca podré compartir mi espacio".

–No, no, sigo aquí. Mira lo que pone la revista...

–...

–Sí, sí, lo de los solteros. ¿Has leído el reportaje?

–...

–...Y te has acordado de mí... Bueno, a ti también te gusta tenerlo todo ordenadito...

–...

En la cocina vio que tenía mucha tarea menuda: tiró los restos de la comida que quedaban en un plato a la basura, metió las sartenes dentro del horno, el limón abierto lo envolvió con plástico de cocina, la bolsita usada del té fue también a la basura, con un trozo de servilleta de papel secó la encimera y luego, sosteniendo el teléfono inalámbrico sólo con el hombro, se lavó las manos en el grifo de la cocina y se las secó con una toalla que tenía colgada en una alcayata de la pared.

–Sí, sí, te estoy oyendo, es que estaba recogiendo algunas cosas que quedaban de la comida. Pero no creas –dijo con tono fingidamente más meloso–, cuando ordeno mi espacio físico comprendo mejor todos tus inteligentes planteamientos.

–...

–Bueno, vale.

–...

–Como quieras.

–...

–Tú ya sabes lo que me gusta hacer si voy a la ciudad...

–...

–Sí, han estrenado una película francesa que va de un taxista...

–...

–Todos terminaremos haciendo películas americanas...

–...

–Pero es que ésta ha sido número uno en taquillas en Francia. ...Y los franceses siempre han tenido buen gusto... ¿no?

–...

–Infórmate. Cuando tú te informes sobre cine elegirás tú. Pero te pasas todo el día trabajando...

–...

–A las diez y cuarto. ¿Te parece?

–...

–Pues venga, en la puerta ...cari –dijo antes de colgar–, de nuevo, con voz fingida. Para entonces ya había puesto en orden, de menor a mayor, todos los platos limpios del escurreplatos–. Hasta luego.

* * *

–Hola, Virginia, siento el retraso

–No te preocupes. Mira, te presento a mi amiga María.

–Hola, María. Perdonadme pero es que vengo como loco y, además, supercontento. Primero: tengo una crisis de autoestima bestial, porque mi jefa lo primero que me ha dicho es que me veía más gordo.

–Eso no se dice... –dijo Virginia.

–¡Claro!, es que en el campo, todo el día traduciendo, leyendo y sin hacer nada, pues... Y es que además, cuando se me baja la autoestima me miro al espejo y veo que no sólo estoy más gordo sino que estoy más calvo. Bueno, vosotras ni caso.

–Pero ¿no venías súpercontento? –terció María. La cafetería estaba llena de gente. El volumen de sonido era bastante alto, todo el mundo hablaba muy sueltamente, se oían risas de distintos grupos, salpicadamente, y Jorge hablaba muy deprisa.

–Sí, es que he tenido una reunión con mis editores y les ha gustado mucho lo que llevo traducido de *Pájaros de América*, de Lorrie Moore. No la conoceréis pero va a pegar muy fuerte. Fue finalista del Premio Nacional de la Crítica en Estados Unidos y ha tenido unas críticas bestiales. Es la nueva *Carver*. Les propuse traducir un par de libros más y, por lo menos, me han asegurado uno que tiene muy buena pinta.

–Es que tú vales mucho –dijo Virginia.

–A ver si pego ya el pelotazo y empiezo a ganar dinero para trabajar menos.

–Ay, ...trabajar menos. Ése también es nuestro sueño –dijo María.

–Pero yo lo tengo que conseguir...

–Lo que él no consiga, María, no lo consigue nadie.

–¿Ves, María?, como ya tengo mi propio grupo de fans, sólo me queda el éxito editorial. Y ahora les he propuesto traducir a un poeta clásico del que ya hay algunas versiones, pero son antiguas y no tan apasionadamente sentidas como por mí... Sí, póngame un té.

–¿De quién hablas? –dijo Virginia–. No será...

–Longfellow... Ni idea, ¿no?

–...

–Ya he traducido antes a Tennyson y a Wordsworth y me fue bastante bien.

–Este chico es una joya –dijo María.

–"*Serénate –no estés incómoda conmigo–*, –dijo Jorge, fingiendo voz de poeta pomposo y mirándola a ella– *yo soy Walt Whitman*".

–¿También Whitman? –preguntó sorprendida María.

–"*...Generoso y lleno de vida como la Naturaleza* –continuó Jorge sin hacer caso a la interrupción–. *Mientras el sol no te rechace, no te rechazaré. Mientras las aguas no se nieguen a brillar para ti y las hojas a susurrar para ti, mis palabras no dejarán de brillar y de susurrar para ti. Mi niña, yo te cito y te pido que te prepares para ser digna de encontrarte conmigo. Y te pido que seas paciente y perfecta hasta que yo venga. Hasta entonces te saludo con una mirada expresiva para que no me olvides*".

–¡Bravo! –dijeron las dos entre aplausos.

–¿Qué te dije...? Y además toca el piano –le dijo Virginia a María.

–¿Tocas el piano...?

–Bueno, eso es una tradición familiar. Pero soy ateo, algún defecto tenía que tener, ¿no?

–Para muchas mujeres eso es una cualidad –dijo María.

–Y pinta... Ha hecho ya dos exposiciones. Y ha sido periodista en Latinoamérica en la época de Pinochet.

–Y, ¡vaya!, ¿no habrás conseguido una medalla olímpica?, eso es lo único que te faltaba –preguntó María, llena de expectación.

–Pues he sido subcampeón de España y preolímpico.

–¡¿Qué me dices?! –dijo Virginia–. Esa faceta no la conocía yo.

–Pues sí. Eso llenó muchos años de mi vida. Fue una época de cientos de horas de entrenamiento.

–Pero, ¿de qué deporte fuiste subcampeón?

–Bueno... eso es lo de menos. Es un deporte que ya no se lleva, no está de moda.

–Pero, ¿cuál fue? –insistió Virginia.

–Dejadlo. Es que ahora hasta me da vergüenza reconocerlo.

–...

–...

–Bueno, fui subcampeón de España de Tiro Olímpico. Tiro con carabina de aire comprimido, ¡con perdigones, vamos...! Pero a dianas, nada de a seres vivos.

–Bueno, pero eso no está tan mal –intercedió Virginia.

–Ya, pero no me gusta que me relacionen con la estética típica del cazador y su mundo. Yo jamás he cazado. Bueno... pajarillos con la escopetilla cuando era un chaval... Ah, gracias: ¿me puede traer otra bolsita de azúcar?

–¿Y sigues practicando? –preguntó Virginia.

–No, ya lo dejé totalmente, pero allí en el campo sigo teniendo la carabina. Es una de esas con dióptero (con una especie de mira telescópica, vamos), me daba una pinta impresionante.

–Ya te imaginamos.

–Pues aquí donde lo tienes –dijo Virginia mirando a María–, no tiene novia.

–¿Pero quién me va a aguantar con mi pasión por el trabajo, mi solitario enclaustramiento en el campo y mis manías de soltero casi cuarentón?

–Uh, de manías nosotras sabemos un rato, ¿verdad María?

–¿Cómo crees que hemos llegado a nuestro estado? –confirmó María.

–Atención: ¿pero esta guapísima chica pertenece al escasísimo muestrario de opciones puras? (digo puras a las no divorciadas).

–¿No te lo dije? –cortó Virginia–: es un personaje ciertamente curioso.

–Bueno, señoritas, me van a permitir que sea absolutamente grosero y, después de haber llegado tarde, me vaya pronto.

–Pero este tío es un caso –clamó Virginia.

–Tengo que ir a recoger el coche. Esta mañana vino haciendo un ruido rarísimo en el eje o en la rueda, me temblaba el volante, y tuve que dejarlo en el taller. Si no lo recojo no me puedo volver al campo. Ustedes, lindas damiselas, que se quedan cotilleando, me pagarán el té, ¿no? Estaría feo sacar aquí unas cuantas monedillas.

–Además es un cara –exclamó Virginia–. ¡Anda, vete!

Jorge se levantó y besó primero a María. La miró bien. Sus ojos se quedaron fijos en ella como intentando averiguar dónde estaba el fallo.

–Encantado, María –después besó a Virginia–. A ver si vienes a verme por el campo. Pero poco, que tengo mucho trabajo.

–Anda, anda, vete ya.

Jorge se fue. Iba sonriendo, como muy satisfecho.

* * *

En la casa del campo, Jorge tenía una vida muy monacal. Se levantaba a las siete. Caminaba alrededor de un kilómetro y medio, compraba el pan y un par de periódicos, desandaba el camino, desayunaba, se afeitaba y comenzaba a trabajar. Cuando trabajaba, se levantaba y de manera automática se dirigía siempre a la ventana. Miraba hacia la luz, el campo, los pájaros. Cuando los veía allí parados sobre los cables de la luz siempre pensaba en el magnífico blanco que hacían, en lo que hubiera disfrutado en otro tiempo pillándolos desde su ventana por sorpresa. Sobre las once y media siempre telefoneaba a alguien, realizaba alguna gestión, tomaba un poco de fruta y seguía traduciendo. Casi a las cuatro de la tarde se preparaba la comida. Después de comer leía, pero siempre se quedaba dormido. Luego venía el momento más extraño del día. Mil tentaciones le apremiaban a coger el coche y bajar a la ciudad con cualquier excusa. A veces, salía a correr, otras leía los periódicos en el porche. Pero luego retomaba su traducción con enorme vigor. Cenaba viendo la televisión y terminaba el día leyendo en la cama.

Un par de tardes después de haber vuelto de la ciudad le llamó de nuevo su novia:

–Dígame...

–...

–Hola, Bonita. Cuántas ganas tenía de que me llamaras.

Jorge se echó un poco hacia atrás en el sillón de trabajo.

–...

–Ya estoy terminando, pero los últimos retoques son lo más pesado.

Se levantó y, mecánicamente, se dirigió hacia la ventana y miró hacia fuera.

–...

–Yo creo que el viernes podré bajar y quedarme contigo unos cuantos días. Creo que si me pongo como objetivo el viernes tendré más ánimo para trabajar y todo funcionará muy bien. Pero, vamos, que en general estoy contento. Me está quedando muy bien. Y la obra es estupenda.

–...

–Bueno, trata de relaciones humanas. De amor también.

Tras el cristal vio el paisaje de siempre: luz, árboles, pájaros.

–...

–Hay un momento que me ha gustado mucho –Jorge volvió al ordenador y de pie buscó con el ratón el lugar que le interesaba–. Mira, uno de los personajes del relato cuenta que se le habían metido mapaches en la chimenea y se les ocurrió ahuyentarlos con humo. Y dice: *"Encendimos un fuego, aunque sabíamos que estaban ahí, porque esperábamos que el humo los hiciera salir disparados hacia arriba y que no volvieran nunca más. En cambio, se incendiaron y cayeron estrellándose en la sala, todos chamuscados y en llamas, corriendo desesperados por aquí, hasta que murieron. Las historias de amor son así. Todas son así"*. ¿Qué te parece?

–...

–Sí, un poco triste. Todas las historias hablan de la soledad y del primer contacto con la decadencia de la vida, con ese momento en que ya sabes que lo que has hecho hasta ese momento va a determinar tu futuro. Habla, en realidad, de gente de nuestra edad. Y me está gustando mucho traducirlo.

–...

Jorge volvió a la luz, miró y vio un par de palomas sobre el cable de la luz. Patricia siguió hablando por un buen rato y él parecía que pensaba en más de una cosa a la vez. Sus contestaciones comenzaron a ser monosilábicas. Con el teléfono inalámbrico en la mano, pasó del estudio al salón, colocó los periódicos en su sitio, sosteniendo el teléfono sólo con el hombro se las arregló para doblar una mantita de viaje que estaba tirada sobre el sofá desde la hora de la siesta. Pasó a su dormitorio y vio que todo estaba ordenado, miró por la ventana y contempló lo mismo que desde el estudio pero desde una perspectiva más occidental.

Patricia parecía que había pasado al tema jurídico y comentaba alguno de los casos que llevaba entre manos.

–Pero ese divorcio estaba cantado. Sólo hay que verla a ella para comprender que debe de ser inaguantable, tanta pintura en una cara tan fea...

–...

–No podrás quejarte, no hacen más que entrarte temas de separaciones. Si es que el matrimonio es una institución llamada a desaparecer.

–...

–Pero Patri, es que la convivencia *para siempre* es una prueba de fuego. Y cuando intentas arreglarlo, como en el relato, lo estropeas aún más. Y todo el mundo *sale quemado*.

Patricia contestó extensamente. Jorge siguió mirando por la ventana. Vio una paloma de campo o algo parecido, de un suave gris uniforme, que se posaba sobre el cable de la luz solitaria y exactamente frente a la ventana del dormitorio, pero dándole la espalda. Jorge calculó que ese sería un gran tiro. Unos 20 metros, su distancia más trabajada. Tomó la carabina enfundada que estaba junto al armario de su dormitorio. Para abrir la cremallera tuvo que sostener el auricular del teléfono apretándolo entre el hombro y la oreja. Cogió la caja con el dióptero. Patricia seguía hablando. Colocó la mira atornillándola a sus dos guías. Hacía años que no efectuaba todo ese ritual. Tomó una caja de perdigones que había en el último cajón de su armario y extrajo uno. Siempre con el inalámbrico sólo sostenido por su oreja, tiró hacia atrás del mecanismo de apertura, quedó cargado. Buscó el lugar donde tenía que insertar el plomo y se dio cuenta de que ya ni se acordaba. Lo recordó. Puso el plomo, cerró la pequeña cámara. Cerró el dispositivo de carga, abrió la ventana muy estrechamente, justo lo necesario para que cupiera la punta del cañón de la carabina. La carabina era grande y pesada. Miró por el dióptero en dirección al cable de la luz. Dos círculos concéntricos enmarcaban el lugar apuntado. Jorge se sorprendió al ver que ya no estaba la paloma sola. Junto a ella había otra. Jorge contestaba con monosílabos a la conversación de Patricia. Apuntó, y en el centro de los dos círculos concéntricos cabía perfectamente la paloma completa. No supo a cuál disparar. Por un momento pensó que, casi con total seguridad, la carabina estaría descentrada y que posiblemente no le daría a ninguna. El pájaro estaba ahí, quieto, en el centro de la mira. Le pareció que la otra paloma rozaba su cabeza con la que estaba siendo apuntada en un gesto que le pareció amoroso. Disparó. Pensó que saldrían volando asustadas. Pero no fue así. La paloma de la derecha cayó inerte, con todo su peso, sin ningún aspaviento, absolutamente muerta. Y la otra permaneció allí, absurdamente quieta, como si siempre hubiera estado sola, como si la existencia del compañero no hubiera sido más que un sueño. No voló ni removió las alas, ni se movió inquieta. Siguió allí, donde estaba.

Jorge se puso muy nervioso. Inmediatamente tuvo unos remordimientos enormes. Contestando con monosílabos a la conversación con Patricia, cerró la ventana y se puso a guardar la escopeta. Le quitó el dióptero, lo metió en su caja y lo puso en el último cajón de su armario junto a la caja de balines, en el lugar más profundo. El corazón le latía a grandísima velocidad. Tuvo una sensación de culpabilidad que le llevó a pensar absurdamente que podría haberle visto alguien, que quizás hubiera un guarda forestal o un ecologista que viniera a protestarle y denunciarle. Cerró, con dificultad, la cremallera de la escopeta. Patricia le hablaba de algo que en ese momento no le importaba en absoluto. Pero pensó en ella, en lo enormemente defraudada que se sentiría si hubiese visto lo que acababa de hacer. Se sintió profundamente mezquino, allí, hablando con ella como si no pasara nada, como si fuera de esa clase de gente que es capaz de matar un niño e irse a la ópera sin el más mínimo remordimiento.

–...

–Sí, claro.

–...

–Te lo pasas bien con tus escritos, ¿eh?

–...

Jorge se fue del dormitorio. Y siguió mirando hacia fuera desde el balcón del salón. No había nadie. Unas nubes entristecían la tarde. Y aquella absurda paloma seguía en el mismo sitio, como esperando que el otro apareciese o preguntándose qué es lo que había pasado sin comprender nada. Jorge se decía a sí mismo que seguramente los animales no sufrirían la perdida de los otros. Pero sabía que se engañaba.

Por la noche rezó. Y pidió perdón. Aunque sabía que aquello no lo tenía.

Yo, que no soy una mala persona

Recibí un correo electrónico: "Hola José Enrique, qué sorpresa volver a saber de ti después de veinte años". Lo firmaba una tal Celia. Yo no tenía ni puta idea de quién era. Al parecer, había encontrado en Internet a mi hermano, que se había metido en un disparatado proyecto de hacer política vía Internet (tomar decisiones "verdaderamente democráticas" con el voto vía red y toda esa mierda) y después de verlo se le ocurrió meter mi nombre en el buscador. Aunque uno quiera estar al margen de todo, siempre hay un gilipollas que te hace una foto y la cuelga en algún sitio diciendo "José Enrique Cabrera, asesor deportivo". Ella me encontró –ya no vivimos en la misma ciudad– y me mandó ese correo. A mí me pilló escribiéndole a una tarada que me preguntaba por qué nunca le contestaba, y yo le estaba mintiendo diciéndole todas las cosas que hacía y lo ocupado que estaba. Como tenía la carta terminada, le mandé la misma cambiándole el encabezamiento ("Hola Celia. ¿Tú eres mi Celia de cuando éramos pequeñitos?"). Yo no sabía qué coño decirle, no sabía quién era y me importaba un carajo, pero intentaba ser formal y no quería tener que decirle: "vete a tomar por culo y no me llenes mi correo de estupideces". Cuando yo tenía seis años me había gustado una niña que se llamaba Celia, creo que le di un beso y la reprimida de la profesora me regañó. Luego mis padres (¡triste época de familia patriarcal!) insistían delante de la familia: "Enriquito ya tiene novia, ¿verdad, Enriquito?". Y yo, que era un lameculos (sigo siendo un lameculos), decía: "Sí, se llama Celia". Pero esta Celia no era la misma. Me escribió diciendo que era una Celia de hace mucho tiempo pero quizás de no tanto. Yo pasé de ella, tenía que haberle dado al botón de SPAM. Me escribió otra vez. Me dijo que venía a mi ciudad a examinarse de un Máster de esos de ejecutivos pijos, pero como no tenía mi teléfono me haría el despistado ("ay, cuánto me hubiera gustado verte pero sólo leo el correo de higos a brevas"). La tía me llamó. Me preguntó si tenía la noche libre, como si yo no tuviera otra cosa que hacer que estar esperando a improvisadas turistas desconocidas. Tenía que pasarme por el entrenamiento ("El jodido del Míster está esperando que le lleve una lista de colombianos baratos"), pero al final quedé en ir a por ella.

Me venía la puta de mal ir a recogerla, no sabía quién era, ni para qué me llamaba. Me dijo que coincidimos en primero de carrera antes de que yo lo dejara (la vida es la gran maestra), pero como me oyó titubeante, me dijo que iba vestida de rojo (hizo bien en decírmelo, porque por más que intentaba recordarla, ¡joder!, no me acordaba).

Cogí mi pedazo de moto, me puse mi chaqueta de cuero negro y mis zapatos Martinelli, y me lancé para su hotel, que no estaba muy lejos de mi casa. Cuando iba para allá en la moto, hice un gran esfuerzo (pensé que mi cerebro se estaba estrujando realmente, como una esponja o media naranja) y recordé quién era. Debía ser una tía muy cursi y elegantita, con vocación de soltera y con pinta de intelectual con la que hablé varias veces en aquellos años en los que yo creía que esa gente era distinta (al final todos querían lo mismo: dinero). Cuando llegué y la vi, no era ella. Era otra. Su imagen se adaptó a mi retina y a mis recuerdos en un momento. Era una compañera de clase, sí, pero veinte años mayor; creí recordar, además, que era una de las que me caían mal. Intenté ser cortés.

¿Quién era aquella tía y para qué me llamaba? En el último correo me había contado que se había casado y que tenía una hija de dieciséis años (¡joder, dieciséis años!, y yo seguía soltero, con novia pero sin amarrar, y sin niños, claro), que gestionaba una empresa que distribuía Adidas en España, y algunas pijadas más que me importaban un bledo. Seguía guapa (tenía un kilo de crema echado encima, mi novia tiene veinticinco años y no lo necesita), llevaba el pelo liso y bien peinado, como si desde la ducha se hubiera ido a la peluquería; el traje era, por lo menos, de Chanel, de color rojo con una raja en la falda que, joder, despistaba bastante al hablar con ella –no sabía uno adónde mirar–, y el hotel era fastuoso, lleno de ejecutivos que tomaban copas en un hall gigantesco que estaba iluminado por una lámpara sacada de una película futurista. Yo estaba impresionado, la verdad, sentí tener novia y que ella estuviera casada y que viniera de cortés visita turística; en ese momento le hubiera metido la mano en el culo y me la hubiera subido a su habitación y le hubiera echado mil polvos, pero dimos un paseo. La llevé al club al entrenamiento; intenté hacerme el listillo, el importante, pero el Míster me trató como a un empleado. Le dije que el número cinco era el hermano de mi novia. Ella estuvo todo el rato comportándose como su trajecito de Chanel, un poco tensa y envarada. Pensé que tendría hambre, y cuando me la llevaba a cenar se nos sumó el Fran, que es un entrenador de segunda de juveniles. Yo sabía que él no pintaba nada en esa salida nocturna, pero yo tampoco y allí estaba, así que me gustó que se sumara, al menos me tomaría un par de cervezas sin preocuparme por qué decir ante la pija ejecutiva. Al final tampoco quería comer (tenía hernia de hiato o algo así) y nos tomamos una tapa. Cuando estábamos en la barra me fui a mear y estuve a punto de hacerme una paja. Yo nunca me hago pajas, pero en situaciones extrañas me parece curioso: te haces una paja ahí tú solo, luego te limpias, te lavas la cara y sales a la muchedumbre del bar y piensas que todos son gilipollas, que charlan y comen sin saber que tú acabas de estar flotando por encima del mundo real. Una vez fui a la casa de pueblo de una tía mía y me hice una paja pensando en su vecina, que no era muy guapa pero tenía unas tetas enormes. Cuando salí al comedor seguían allí sentadas mi tía y su vecina, y pensé "si la tía esta, que no echa un polvo en su vida, supiera que acabo de correrme pensando en ella se volvería loca". Pero en el bar, con Celia y Fran detrás de la puerta no me hice una paja, me reprimí (aunque se me quedó el resorte engatillado) y me calmé con otra cerveza. Ellos estaban hablando de mí. El Fran no podía imaginarme veinte años antes. Ella le dijo que yo tenía un gran flequillo (me pasó su dedo por la frente dibujándomelo) y que era muy canijo.

Luego el Fran se fue, había quedado con una gente para seguir empinando el codo. Celia y yo nos quedamos solos y paseamos un buen rato (a ella le encantaba pasear, eso decía; a mí me apetecía ¡una mierda!, aunque le dije que también). Me contó que su marido se había dado a la bebida a los tres años de casada y que todo había sido un infierno. Y ella, la muy orgullosa, no se lo dijo a nadie hasta que no lo puso de patitas (mejor, de maletitas) en la calle. La tía seguía envarada y cada vez menos comunicativa. La conversación comenzó a ser un "pregunta–respuesta" (esas son las peores conversaciones). "Y en todo este rollo, ¿has contado con tus amigas? Y profesionalmente, ¿te sientes ilusionada? ¿Y no tienes un nuevo novio?" Y ni tenía amigas, ni ilusiones, ni novio. Pero tampoco parecía que viniera por mí, y si venía, cuando me vio más calvo (sin mi flequillo) y más gordo, se debió dar cuenta de que se había equivocado. Yo, que no soy una mala persona, me ofrecí para ayudarla ("Si te puedo ayudar en algo..."), pero ella dijo que no y se hundió más en su silencio.

Cogimos un taxi (yo no veía la hora en que se fuera) y mientras iba en dirección a su hotel comencé a concentrarme en realizar una despedida que no quedara mal (¿cómo te despides de alguien que hace veinte años que no has visto y que te importa un bledo volver a ver? ¿Le dices: "Bueno, ya nos veremos"?, o "¿Te llamaré cuando vaya por allí"?). Cuando llegamos a la puerta le dije: "Bueno, ya nos veremos, te llamaré cuando vaya por allí". Y ella me dijo: "No, José Enrique, no volveremos a vernos nunca más". ¡Joder!, pensé que la tía tenía un cáncer terminal y que se estaba despidiendo de sus antiguos amigos. Y se lo dije, casi con las mismas palabras. Ella lo negó y se cerró un poco más, aunque sonreía. Yo no tenía ni puta idea de lo que pasaba. "Bueno, como no te pienso volver a ver más –dijo ella– te voy a contar por qué estoy aquí". ¡Joder!, y me contó que hacía veinte años, cuando yo dejé la facultad, el mismo día en que me despedía de todos, fui y le dije que había estado enamorado de ella. "¿Te acuerdas?", me dijo. Y yo le dije: "No, no me acuerdo". (¡¿Qué iba a hacer, decirle "sí claro, siempre te he querido –aunque me tuvo que decir que venía de rojo–, subamos y echemos un polvo histórico?!). Y ella siguió contándome que, cuando se lo dije, ella salía con un chico y yo no salía con nadie, luego, cuando dejó al chico, vino a uno de mis partidos, me vio echándole el brazo a la que fue mi novia de aquellos tiempos, y se retiró para siempre. Hasta el día de hoy.

¡Coño!, yo no sabía qué decir. Ahora decía que nunca más iba a verme porque no quería arruinarme la vida, que no quería que dejara a mi novia.

Yo estaba deseando irme. Esa tía, de verdad, me iba a buscar un problema. Le di un par de besos y comprendí que así no podía irme. "Tomemos la última", le dije.

Empezamos a beber y me dijo que las dos últimas semanas había estado enseñándole mis fotos de internet a Esther, su compañera de trabajo, que habían opinado sobre si era guapo o feo ("Yo le dije que tú nunca habías sido guapo, pero que siempre habías sido un encanto"), ¡para vomitar, vamos! Luego empezó a contarme no se qué de que su empresa tenía un conflicto con otra del este que se estaba intentando quedar con toda la distribución de la zona y entonces yo le dije: "Dile a Esther que te cogí la mano", y le cogí la mano, ella sonrió (sobre todo pensando –imaginé– en que ya se llevaba algo para contarle a Esther) y siguió hablando de los presupuestos que tenía Nike para contratar a estrellas y entonces debió de ser que el resorte seguía engatillado, o sea, que me había quedado con ganillas, que me fui para su boca y la besé (bueno, la verdad es que cuando iba a medio camino ella también se abalanzó, la muy zorra). Siguió hablando y yo calculaba en qué puto follón me estaba metiendo (la verdad es que yo estoy a punto de casarme y todo eso podía formar un revuelo de mil pares de cojones). La convencí para que se fuera a dormir, que al día siguiente tenía su examen. Ella me dijo mil veces que el examen le importaba una mierda (bueno, ella diría que el examen le importaba un bledo, o algo parecido) y volvimos a la puerta del hotel donde nos despedimos tres veces más (sus besos eran muy carnosos).

Después cogí la moto y me largué de aquel lugar. Le di caña al acelerador, me gustó sentirme volar, poniendo distancia entre aquella tarada y yo. El fin de semana siguiente la llamé, ¡le eché un polvo de puta madre!

Ser como Bach

Después del verano siempre me entran buenas intenciones ("este año me organizo el tiempo y juego al tenis"), a veces son intenciones muy serias, algo que me demuestre a mí mismo que me estoy haciendo un tipo responsable. Había pensado en Bach ("Mira a Bach: tocaba el órgano y dirigía cada domingo –le dije a mi mujer–, se aseguraba un concierto todas las semanas"), también había hablado con un amigo mío que hacía lo mismo en Estados Unidos ("Por tocar en misa todos los domingos y dirigir el coro me pagan mil quinientos dólares al mes"), este amigo sí que era un músico, tocaba lo que le echaran, con partitura o sin partitura, clásico o moderno. Me deprimía, la verdad; yo, a su lado me daba cuenta de que no era músico, simplemente eso: él era un músico y yo no, radicalmente. Pero yo sigo en la música, a qué me voy a dedicar ahora. (Una época en la que me dio por estudiar Derecho tuve un profesor que era un lumbrera, se sabía el código civil de memoria de arriba abajo. Un día nos dijo que odiaba el Derecho, nosotros no podíamos concebirlo, "Pero, ¿a qué me dedico? –dijo–. Ya no me voy a ir al andamio"). Tocar y dirigir los domingos, aunque no me pagaran, me parecía bonito (yo no soy religioso: lo fui en una época, y mucho; pero ahora ya no me creo nada: la gente se inventa sus propios cuentos para subsistir, y los comprendo, de verdad, los justifico, pero yo me he inventado mi propio cuento de que no existe nada más y que lo mejor que puedo hacer es pasármelo bien sin hacer daño a nadie, y por ahora me va bien). El contacto con el arte y con gente que hace arte me divierte (ese es mi credo).

Me enteré de que buscaban director para un coro en una iglesia del centro. Llamé y pregunté por don Fernando (el don me da arcadas, me educaron en la Universidad los del mayo del 68 y me marcaron), pero no estaba. Luego me llamó y me dejó un mensaje en mi contestador. Por fin, más tarde, pude hablar con él.

–Don Fernando, soy José Enrique Cabrera, el Director del Coro de la Universidad.

El cura me dio una cita. Era un cura del Opus y la iglesia era del Opus. Yo no tengo nada contra el Opus (se han inventado su propio cuento para subsistir), de hecho a veces siento que me he quedado con algunas de las cosas que utilizan en "su cuento" ("Si nos dan a elegir entre darle la mano a un viejo en un hospital y ser el director del hospital que les pone el aire acondicionado en cada habitación, preferimos lo segundo"; por eso, con los de derecha, hay tanto ministro del Opus). Pero sé cómo son: intransigentes, poseedores acérrimos de "la verdad", radicales, intolerantes.

–Don Fernando, buenas tardes, soy el Director del Coro de la Universidad.

–Encantado de conocerle. Espere aquí un momento, le atiendo enseguida.

Se va. Me deja esperando en una salita con sillones estilo Luis XV. Me siento como en el colegio, esperando para hablar con el Director después de que me hayan pillado un mechero en clase. Pienso en el interrogatorio al que me va a someter. Recuerdo una vez que fui a un centro del Opus cuando tenía dieciséis años. El cura se ofreció a confesarme. Yo no tuve inconveniente, yo era bueno y sincero. Empecé a decirle en la confesión que no ayudaba suficientemente a mi madre en casa, que discutía con mi hermana y él empezó a preguntarme si me masturbaba (seguro que dijo "¿Pecas contra el sexto mandamiento contigo mismo?"), yo le dije un sincero y escueto "no", y seguí diciéndole que no me esforzaba suficientemente en clase y... y él volvió a insistir con el mismo mandamiento en todas sus vertientes. Entonces me di cuenta de que el obseso era él y decidí salir de allí lo antes posible. Por eso me pongo a pensar en si me preguntará por mi estado civil. Pienso que me ha llamado a casa y ha oído en el mensaje de salida del contestador "Hola, somos Martina y José Enrique, en este momento no estamos..." etc. Calculo las opciones: no puedo decirle que tengo novia o que comparto el piso. Llevo un anillo de plata en mi mano izquierda. "Le miento", pienso. No me queda otra opción. ¿Cuándo me he casado? Venga, el día de nuestro aniversario de novios. ¿Hace un año? No, dos. Todo listo.

Don Fernando viene y me pasa a otra salita. Nos sentamos en dos sillones perpendiculares. Él se agarra la rodilla con dos manos (ahora parece una nena nerviosa) y me dice que el Coro tiene diez años, que la directora lo ha dejado. Le hablo de Bach sin que él se dé cuenta. Ese es mi proyecto: ser como Bach.

–¿Y estás casado?

–Sí –le digo.

–¿Desde hace mucho?

–Bueno, ahora acaba de hacer dos años.

–¿Y te casaste en la Capilla de la Universidad?

Coño, esa pregunta no la tenía preparada.

–No –me he puesto absolutamente colorado–. Me casé en Málaga –sudo inmediatamente como un cerdo, y además sé que se está dando cuenta, pero sigo:– como yo soy de Málaga, me casé en la Iglesia de la Victoria. ¿La conoce usted? –ya me lo imagino telefoneando y hablando con algún amigo para que se entere.

–No, no la conozco. ¿Y tenéis hijos? –el tío ha pinchado en blando y quiere más sangre.

–No.

–¿Pero queréis tenerlos?

Cuando llegué a casa llamé a Nuria.

–Oye, tu confesor me ha preguntado que si estaba casado y como él sabía que yo vivía con Martina le he dicho que sí. Si te pregunta, ¿qué vas a hacer?

Nuria era una chica del Coro, amiga desde hace años. Era del Opus, y tan intransigente como todos ellos. Se le murió la madre con seis años y alguien debió de decirle entonces a aquella niña que si eso había ocurrido así era porque Dios tenía un plan para ella en el que necesariamente su mamá tenía que morir. Ella debió de creérselo a pie juntillas (cada uno se crea su propio cuento para subsistir) y desde entonces está buscando cuál era el plan en el que su madre tenía que morir. A mí no se me ocurrió otra cosa para intentar deshacer tamaño entuerto que regalarle el *Cándido* de Voltaire, donde se defiende y ridiculiza la misma teoría: que no hay efecto sin causa, y que todo lo que ocurre en el mundo es lo mejor que puede suceder, según el plan divino. Pero creo que no se lo leyó.

Me llama un par de días después para decirme que Don Fernando le había preguntado directamente si yo estaba casado. Ella había intentado desviar la conversación ("Eso trátelo usted con él"), pero él la acorraló y ella confesó.

En nuestra conversación cordial pareció que yo debía llamarlo y pedirle disculpas (ser ateo no implicaba no ser un caballero). Lo pienso. No me importa reconocerlo, puedo decirle que sabía que él esperaba eso de mí.

Pasan dos días y no lo he llamado. "Si yo le dije que estaba casado, esa es mi verdad –pienso–. No tiene por qué ponerla en duda". Lo de Dios también es mentira, lo saben, pero ya no van a dar marcha atrás.

Luego pienso que la idea es magnífica. No decir nada, hacerme el sueco. Y si me pregunta decirle: "¿No le dije yo que estaba casado?, pues esa es la verdad, no hay más que hablar", y a dirigir.

Voy el viernes al ensayo y el cura no está.

El ensayo es espantoso. No tienen oído, no recuerdan los sonidos, no saben contar su duración. Pero sonríen. Los miro y me parecen una secta de chinos sonrientes. En hora y media hemos ensayado ocho compases.

A la semana siguiente me llevo a un amigo para apoyar a los tenores. Los separo por voces: tenores y bajos por un lado, mujeres por otro. El ensayo es más horrible que el del día anterior. Hora y media: doce compases. Mi amigo me mira con cara de "este proyecto es imposible". Cuando salimos por la nave central de la iglesia le digo: "No vuelvo más". Don Fernando me está esperando, quiere hablar conmigo. Pienso en la mentira, pienso en que me da igual, no quiero estar ahí.

–Quería saber cómo marchan los ensayos –me dice Don Fernando–. Creí que le vería el domingo pasado en misa dirigiendo ya el Coro.

–No, don Fernando –me sorprendo de mi seguridad al empezar una conversación con un no–, la idea es preparar un repertorio y cuando empiece a estar listo subir al coro a dirigirlo en Misa. Pero el repertorio anterior, ya le dije, no voy a asumirlo. Yo sólo hago música clásica –quiero ser como Bach.

Conversamos sobre música, pero yo sé que estamos hablando de fondo sobre la mentira y el pecado. Él dice: "pero ese repertorio es bonito y le gusta al pueblo", y yo sé que está diciendo: "vete, pecador, de aquí y no contamines a mis ovejas blancas"; le digo "pero es que esto no es un coro, un coro canta a cuatro voces y hace polifonía" y en realidad le estoy diciendo: "quédese con su hipocresía que no admite las parejas de hecho".

–Tiene que tener en cuenta, además –le digo en un tono muy conciliador que pretende mostrar una auténtica preocupación– que he visto caras en el coro que mostraban su impotencia ante este repertorio, caras de preparación para el abandono. Y este es su coro. A mí me interesa que se vayan y que vengan voces nuevas y más jóvenes, que sepan cantar. Pero usted tiene que preocuparse por ellos y por su satisfacción personal. Pregúnteles.

Sé que le he abierto la puerta para que con corrección social pregunte o diga que ha preguntado y eche a este pecador de entre su rebaño.

Durante la semana me olvido del tema (también la fuerza de la decisión se diluye) (recuerdo cuando iba a Ejercicios Espirituales siendo un adolescente: siempre venía lleno de buenos propósitos y en unas semana –a veces en días– se me olvidaba todo). Me he comprado una moto, una súper moto. Me imagino a don Fernando viéndome, escandalizado, en mi moto de 900. Llega el viernes y voy al ensayo. No me importa mucho ir al ensayo porque tengo que irme pronto, sólo van a ser cuarenta y cinco minutos de suplicio. Cuando llego saludo a la gente con mucho ánimo, algunos ya están en el coro empezando a canturrear. Viene don Fernando y me saluda amigablemente. Quiere hablar conmigo en privado.

Me dice que ha hablado con la gente ("He tenido una conversación con los miembros del Coro y dicen...") y dicen que soy mucho Director para tan poco coro (ahí se ve la caridad cristiana: me halaga para echarme). Yo le devuelvo la pelota (soy un buen jugador de tenis) y le digo que no se preocupe por hacer lo que está haciendo, echarme ("Don Fernando, por favor, no se preocupe, yo lo entiendo, no quiero que nadie tenga que dejar el coro por mí"), para caridad suya caridad mía. Tengo miedo mientras hablo de que se me note lo contento que estoy por poder irme y no tener que volver más.

Bajamos la escalera con prisa y nerviosismo: los dos estamos contentos con lo ocurrido, parece que ha habido un empate. Pienso rápidamente en cómo ganarle la partida.

–Don Fernando: y lo de que estaba casado... Perdóneme, yo sólo quería que usted no se preocupase, le dije lo que creía que usted prefería oír. Lo hice por usted.

Se le ilumina la cara. Se ruboriza. Sé que está pleno de contento. Estamos en la puerta, a punto de cruzarnos las manos y de no volver a vernos más, pero yo he confesado. Ha sido una confesión en toda regla, justo antes de cruzar la puerta del infierno. Él se cree en posesión de la verdad ("el concubinato es un pecado mortal") y yo se lo he reconocido. En ese momento piensa bien de mí. Me dice alguna tontería del estilo "yo sé que tú deseas solucionar esta situación". Le digo que Martina no está ni bautizada ("padres hippies de los 70, ya sabe usted"), pero aún así él cree que tiene solución. A mí me da igual lo que él crea, sólo sé que salgo de allí con todos los objetivos cumplidos: no tengo que ir más, él no piensa mal de mí (incluso creo que me estima) y no tengo un enemigo más en la ciudad.

Bajo por la calle. Me monto en mi gran moto. Me alejo de allí. El viento me da en la cara (nunca me pongo el casco) y me siento contento, muy contento, casi santificado.

O vos omnes

El Maestro Laureano del Campo caminó apresuradamente por el largo y ancho pasillo del Colegio Mayor Alfonso X el Sabio de la Universidad de León. Iba cargado con un gran bolsón negro en el que transportaba las nuevas partituras que tendría que ensayar con el Collegium Musicum de su Universidad, un coro de antiguos y nuevos universitarios y universitarias del que venía haciéndose cargo desde los años ochenta. Siempre llegaba acelerado pero intentando mostrar calma y seguridad. Saludó a los miembros del Coro, que lo aguardaban en una vieja salita de espera llena de diarios y revistas, y aceleró el paso hacia la capilla del Colegio para llegar el primero, entrar rápido y borrar toda huella eclesiástica: retiró el atril de pie de lectura que se situaba, para el orador, a la derecha de la mesa que servía de altar; las dos velas que en éste enmarcaban al pequeño atril de mesa en el que siempre estaba abierto el misal; el propio atril; la cruz que presidía el altar y, por último, el mantel que dejaba al descubierto una vieja mesa negra, rasgada por el tiempo. El Maestro Laureano realizó esta operación rápidamente, como siempre, esperando que casi nadie –y sobre todo los estudiantes más jóvenes– vieran la pía sensación que producía la visión de aquella capilla. Luego tomó una caja de partituras que había en la pequeña sacristía y, sumándolas a las que traía en su bolsón negro las colocó en el banco más cercano a la entrada para que fueran cogiendo el material según iban llegando. En ese momento comenzaron a entrar los primeros miembros del coro que venían charlando entre ellos con cierta parsimonia, conocedores del ritmo lento con el que empezaban los ensayos. El Maestro llamó a uno de los primeros chicos que entraron en la sala y le hizo una señal para que le ayudara a transportar el órgano. El órgano era un teclado eléctrico con patas y pedalero que hacía las funciones de piano cuando lo necesitaban. Lo tenían desde no hacía más de un par de años, y, con su llegada, había aliviado mucho el trabajo del director. Antes, habían tenido un órgano de pedales que hacía angustioso el trabajo de Laureano, ya que tenía que tocar y pedalear casi durante dos horas cada noche. Después, a principios de los noventa se hizo con un teclado eléctrico sin patas que colocó sobre el órgano de pedales y que le pareció una liberación. A principios del curso 97-98, y tras muchas súplicas, el Vicerrectorado aprobó el presupuesto para el nuevo órgano. Cuando el Maestro Laureano colocó el órgano en el centro de la sala sintió la satisfacción de cada noche: en ese momento, la capilla se convertía en sala de ensayos, la música se sobreponía a la religión y la derrotaba.

Todavía hubo de enchufar el órgano, colocar hojas de firmas para controlar la asistencia, buscar un par de bolígrafos para las firmas y atender preguntas que le hacían los jóvenes sobre fechas de conciertos, viajes y cosas relacionadas con la música de distinta manera. El bullicio en la sala comenzó a crecer: alguien se había sentado al teclado y destrozaba alguna pieza de Chopin antiguamente estudiada y los corrillos de chicas y chicos subían el volumen de sus voces para poder entenderse. En medio de todo ese pequeño tumulto el Maestro consiguió distanciarse de la realidad y se preguntó: "¿Qué hago yo aquí?".

Laureano había estudiado Derecho y Filosofía, y durante algún tiempo llegó a pensar que sería sacerdote. Con la música estaba enredado desde los quince años, siempre compaginándola con otras cosas, aunque en algunos periodos había resultado ser prioritaria. Dirigía, generalmente coros, casi desde los 19 años; y a veces conseguía orquestas con las que acompañarlos. Dirigir le gustaba, pero sabía que detrás de la dirección estaba el poder. Quizás el poder que anheló estudiando Derecho o pretendiendo ser cura. Y no es que le gustara mandar, lo que no le gustaba era ser mandado. Detestaba la jerarquía –cuando él no estaba al mando–, y aunque se había convertido en un hombre progresista, partidario de un sistema social con gran impulso estatal, se daba cuenta de que ese instinto por no ser mandado (quizás por no obedecer) le convertía en un liberal alejado de las posiciones social–demócratas más en boga.

En alguna ocasión le había ocurrido estar dirigiendo al coro y a la orquesta, mirar hacia abajo, verse a sí mismo –sus zapatos de caballero, sus pantalones bien planchados de señor, su elegante camisa para corbata, su chaleco de traje– y preguntarse "¿qué hace este abogado dirigiendo esta orquesta de jóvenes?". Eso le aterraba. Y esa misma noche volvió a cuestionárselo. Tenía 53 años y se preguntaba si estaba cumpliendo con su vocación.

Charló animadamente con algunos varones del coro que se fumaban un cigarrillo fuera de la capilla. Dio un par de palmas sonoras anunciando el comienzo del ensayo, se sentó ante el órgano y comenzó a realizar un ejercicio de vocalización. El coro no le hacía caso inmediatamente. Apenas un par de voces le siguieron y, poco a poco, algunas más se fueron sumando. Los que charlaban iban concluyendo sus conversaciones, iban situándose en sus puestos. Todo el mundo conocía el ritual. El Maestro Laureano desconfiaba de la razón humana: sólo creía en el trabajo. Sabía que no había argumento que pudiera hacerlos cumplir con un horario y una disciplina. Por eso empezaba a trabajar. Trabajaba, trabajaba sin descanso desde el principio hasta el final. Esa era su arma, su única arma: trabajar. El que quisiera sumarse, bienvenido; el que se desinteresara, allá él, ya trabajaría otro día. Para ser un castellano viejo era excesivamente tolerante: nunca pedía silencio, nunca exigía puntualidad, nunca presionaba; sólo trabajaba. Y trabajando, al final, las cosas iban bien. Y si a alguien no le gustaba el sistema se iría y vendrían otros. Ese era su coro, así funcionaba.

Vocalizó con escalas ascendentes y descendentes. Primero con un sencillo do-re-mi-re-do-re-mi-re-do, luego con arpegios en terceras, para terminar con escalas de nueve notas. Los miró: allí estaban cantando más de cincuenta personas, jóvenes la mayoría; repitiendo escalas y arpegios, con semblante serio y cuerpos alegres; muchos sin atención, como una rutina más, otros fingiendo interés, pero sin fe en la utilidad del ejercicio. El Maestro Laureano sabía que casi nadie creía en aquello, pero él sabía que era útil: si no se hacía, en veinte minutos estarían cansados y quejándose, sin saber muy bien de qué.

Allí estaban: gentes distintas. Cada uno con su vida y con sus anhelos. Los más jóvenes apurando el presente de ser universitario, con sus preocupaciones domésticas sobre relaciones personales, de consecución de sus espacios de libertad para con sus padres, de cumplir –en medio de la displicencia general– con sus obligaciones como estudiantes y con el ligero temor sobre el futuro. Los licenciados, angustiados por encontrar su lugar en el mundo, lugar que pasaba por encontrar el trabajo que les concediera esa oportunidad. Los mayores, preguntándose, como el Maestro Laureano, si habían hecho lo debido; renunciando a nuevas opciones para las que ya no había tiempo, y asumiendo, por lo anterior, una especie de resignación que se barnizaba con una grata sensación de madurez que llamaban aceptación. Y todos en general, sin embargo, felices; cantando, siendo parte de un todo armónico en el que cada uno de ellos ocupaba una parte esencial, aunque prescindible. Si alguno de ellos no hubiera asistido o no volviera a ir nunca más, no se notaría: el grupo siempre existiría, el proyecto siempre saldría adelante, el coro seguiría existiendo.

–*O vos omnes* de Pau Casals –dijo el Maestro Laureano cuando tocó la última nota de la vocalización. Llevaban unas cinco semanas preparando un programa religioso *a capella* para el concierto que darían antes de la Semana Santa–. Sopranos y contraltos –y comenzó a tocar en el teclado sus voces, que ya habían sido ensayadas por secciones el martes anterior. Nunca había tocado el piano especialmente bien, pero se defendía. Tenía cierta soltura para leer a primera vista las partituras de coro y era capaz de ver las cuatro voces y seguirlas sólo de un vistazo. Tocaba todas las entradas de cada una de las voces, y cuando se le acumulaban muchas líneas que leer y tocar a la vez, abandonaba todas y se quedaba sólo con la de los bajos. Él sabía que tocando el bajo solían no perderse, ya que el pulso se mantenía y la armonía se comprendía. En ese momento sólo tocó las dos voces de las mujeres que venían en *divisi*, dos melodías por cada cuerda. En algunos pasajes se perdió, pero se quedó tocando la voz más grave, la de las contraltos, porque confiaba en que su mujer, que cantaba en las sopranos, tirara de ellas a pesar de sus errores al piano. Su mujer se llamaba Martina y tenía 41 años. La conoció durante unos cursos que impartió en el Conservatorio años atrás, y se casó con ella cuando sólo tenía 22 años y él 34. Ella había tocado el violín y siempre había sido una buena cantante con oído seguro y gran confianza–. Ahora los tenores y bajos –dijo, cuando terminó con ellas. Los rezagados seguían llegando. Abrían la puerta con cuidado, tomaban la partitura y se dirigían hacia su sección como caminando de puntillas. Saludaban a unos y otras. El Maestro le dio a la tecla de grabar y comenzó a tocar las voces de tenores y bajos. En el tercer compás se equivocó ligeramente–. Vale, vale. Vamos a empezar de nuevo. Un, dos, tres y...–. "O - vos - om - nes..." cantaron los bajos. Nunca los dejaba ni respirar, daba ese compás de preparación con el "un, dos, tres, y" y él sabía que en ese corto espacio de tiempo dejaban de hablar, si lo estaban haciendo, y buscaban el lugar por donde debían comenzar a cantar. El Maestro Laureano había descubierto, no hacía mucho, que el órgano tenía un botón que le permitía grabar lo que tocara. Luego pulsaba el botón que estaba a su lado y lo grabado se reproducía. La mayoría de los miembros del coro ni se daban cuenta de que quien reproducía era directamente el órgano y no el propio Laureano. El Maestro siempre aprovechaba para tocar sobre lo grabado las otras voces y de esa manera daba la sensación de que tocaba con cuatro manos las cuatro voces del coro casi a primera vista. El coro, por su parte, había entrado desde hacía tiempo en una dinámica perversa por la cual cada cuerda sólo era capaz de cantar su línea melódica si estaba oyendo a la vez, exactamente, su voz tocada por el piano. El hallazgo del Maestro Laureano de esos dos botones había facilitado esta labor inmensamente y todo los ensayos cundían el doble.

Entonces entró Teresa. Teresa tenía 33 años. Era un poco alta, elegante, morena y con el pelo cortado a lo *garçon*. Laureano la miró de reojo y siguió tocando.

–Ahora todos juntos. Empiezan tenores y bajos. Venga. Un, dos, tres (¡al comienzo del "O vos..."!), y... –el Maestro Laureano pulsó la tecla de reproducir y se relajó. Contaba con seis lentos compases mientras cantaban los hombres, que ya estaban grabados, hasta que les tocara entrar a las mujeres. Siempre tenía que estar atento, pero esta vez se relajó: conocía muy bien sus acordes. Y la miró. Se quedó mirando a Teresa. Teresa era contralto y estaba sentada en la segunda fila, exactamente delante de él. Mirándola sintió un amor enorme, como ya casi no recordaba. Sus facciones eran puras y lineales, era el corte de cara que siempre le había fascinado, corte que no tenía su mujer. Teresa había entrado en enero, después de las vacaciones de Navidad. Llevaba cinco semanas en el coro. En ese tiempo, el Maestro Laureano había hablado con ella sólo tres veces: el día de su llegada, momento en el que ya le pareció distinguida, cortés, con una sonrisa comedida; el día en que le hizo la prueba de voz para entrar oficialmente en el coro (ahí, cuando la tuvo delante de él, serena y segura, esperando sus instrucciones, y cantando después –sin muecas ni gesto que la afeara–, Laureano sintió que la emoción de su belleza y de su prestancia le llevaba casi a las lágrimas –tuvo que hacer un gran esfuerzo para no llorar–); y una sola vez más, cuando él se interesó por ella, y ella le dijo que venía de Salamanca, que había conseguido un trabajo en el museo de la ciudad, que después había vivido en Toronto y que –prosiguió con una sonrisa pícara que iluminó su cara– había dejado allí plantado a su novio canadiense.

Tocó la entrada de las contraltos, a la que más tarde se le sumaron las sopranos, que repitieron el texto base *O vos omnes*. El Maestro Laureano del Campo se percató de que, aunque el resultado era correcto, él no conseguía acoplarse perfectamente a la grabación que tres minutos antes acababa de realizar. Sobre todo en las notas largas. Durante la grabación pulsó las notas largas el tiempo requerido, tres o cuatro partes –según el caso– que él había contado interiormente y ayudándose con pequeños golpecitos del pie contra el suelo. Luego, cuando sonó lo grabado, sólo debía tocar las líneas melódicas de las sopranos y las contraltos con la misma y exacta velocidad, pero no consiguió contar exactamente la misma cantidad de tiempo. Unas veces se pasaba y otras no llegaba. Las notas largas eran su perdición. Y en esta ocasión tampoco consiguió hacerlas coincidir. Esto le molestó en suma. Él, que siempre se había jactado de ser fiel a sus ideas, de mantener una coherencia a lo largo de su vida, estaba allí, siendo incapaz de seguir lo que él mismo había grabado momentos antes. Ya le había ocurrido antes. Pero esa noche le molestó especialmente.

Se preguntó si él no sería un fraude: "¿qué pianista no sería capaz de seguir su propia grabación?", se dijo.

El Maestro Laureano del Campo llevaba seis días preguntándose si debía decirle algo a Teresa de lo que empezaba a sentir por ella. Eso no significaría nada, no era un paso sin posibilidad de retorno. Además, estaba Martina. ¿Cómo podía, ni siquiera, pensar en traicionarla? Ya lo estaba haciendo: pensaba en Teresa, eso era una infidelidad para Laureano. Y Martina no había sido capaz de darle hijos. Hasta ahora nunca le había importado, lo había declarado por activa y por pasiva. Pero ahora, de pronto, como una revelación, todos sus planteamientos estaban cayendo. No ser capaz de repetir el mismo ritmo que tres minutos antes acababa de tocar le demostraba a las claras que, pasado el tiempo, nunca era el mismo. Por más que se lo propusiera (después del compás 32 hubo un silencio de dos partes en ritmo muy lento, esperó, contó y la música grabada se incorporó a la sala ligeramente antes de lo que él previó) no podía ser fiel a quien había sido.

–¿Qué significa la letra, de qué va la obra, Laureano? –dijo una chica desde la fila de las sopranos.

–Esto es muy interesante –dijo el Maestro, dirigiéndose a todo el coro–. Escuchad, por favor. *O vos omnes* se han escrito muchos a lo largo de la historia, porque en este texto se cuenta un momento especialmente emocionante de la narración evangélica.

»¡Entérate de esto, Concha –le dijo a una contralto de la primera fila que estaba hablando con una chica rubia que había a su lado–, esta historia nos va a servir para hacer una mejor interpretación!

»Este es el texto posterior a la negación de Pedro a Jesús. Como sabéis, cuando los soldados le preguntaron a Pedro si conocía a Jesús de algo, éste lo negó hasta tres veces. Y después cantó el gallo, cumpliéndose lo que –y Laureano empezó a convertir su tono de voz en humorístico y a mover el dedo como imitando a un chico sabiondillo– ya le había dicho Jesús que le pasaría a Pedro –algunas chicas del coro rieron. El Maestro cambió su voz y dijo–: Independientemente de vuestras convicciones religiosas –al Maestro Laureano del Campo le encantaba decir esta frase, para atraer la atención de los no creyentes, para mostrarles a esos mismos que lo religioso podía ser abarcado con enorme profundidad e interés desde su ámbito y para dejar entrever que él mismo (por más que su pinta fuera casi de cura) era o podía ser ateo–, de lo que trata este texto es de la traición a un amigo, y por eso es tan universal y atemporal. Lo que dice el texto es: Oh, vosotros, todos, que camináis por la vía (por el camino; vamos, por la vida; como si fuera una metáfora). Atended, ¡atended! –y siguió subiendo el tono de voz haciendo caso a los matices que aparecían en la partitura–, ¡¡atended y ved!!: si existe un dolor, ¡si existe un dolor...! como el mío. Si existe un dolor –fue terminando la frase con gran suavidad, solemnidad y teatralidad– como el mío –y todos comenzaron a aplaudir.

»Venga. Vamos de nuevo desde el principio –contó esta vez sólo hasta dos y entraron. Volvió a dejar que sonara la parte grabada hasta la entrada de las contraltos. Miró a Teresa con mayor brevedad. Se volvió a preguntar si debía decirle algo. Apenas era capaz de calcular todo el desastre que podría ocasionar. Decidió que no lo haría. Y pensó que nadie podría esperar un comportamiento así de él, el formal Maestro Laureano del Campo. Llegó el momento de acompañar a las contraltos. Tocó con la mano derecha y fue silabeando sin sonido *O vos omnes* qui transitis per (ahí no consiguió conjuntar bien la última corchea de las contraltos con la nota de igual valor de los tenores y se asustó porque ahora venía una nota blanca con puntillo que debía ocupar tres partes–. Un, dos, y –llegó tarde. "Llegaba otra nota de tres partes", observó, se concentró profundamente, estuvo intentando recordar cómo lo había grabado: fue sereno y a un ritmo normal para que no le diera problemas. Marcó con el pie los tres tiempos de espera, y lo grabado volvió a entrar antes. "¡Se retrasaba el Laureano de ahora, no el de antes! Debía acelerar. Era más ligero", pensó. Terminó de contar y entró (ahora había llegado demasiado pronto. El Laureano de antes, el de la grabación debió de pensar en que el coro debía respirar y se demoró un poco; el nuevo Laureano se adelantó. "¿Quién era él, que no conseguía ser el mismo de unos minutos antes?", pensó. "Y si cada momento era distinto, ¿no podía haber un nuevo Laureano que decidiera enamorarse de Teresa y vivir una nueva vida que, de todas formas, tenía que vivir ya que todo era continuamente cambiante?

"*At-ten-di-te, at-ten-di-te*", tocó con todas sus fuerzas y el coro cantó con él. Después llegó otra parte en la que sólo cantaban hombres y que ya estaba grabada, por lo que podía despreocuparse. Laureano miró a Teresa y pensó que ese rostro era su futuro, que si no podía ser el mismo de un minuto al siguiente, era legítimo no seguir siendo el mismo y comenzar a amar a otra mujer. "*At-ten-di-te - et - vi-de-te*", volvió a clamar el coro con su apoyo en el teclado. "*Si - est - do-lor*", tocó con las contraltos; "*si - est - do-lor*", se sumaron las sopranos y él tocaba sus voces en el teclado. Era el clímax de la obra. Toda la fuerza, la emoción, la intensidad, se concentraban en ese punto. El Maestro Laureano del Campo lo tocó con plenitud; el coro, unido, empastado, sonoro, gritó: "*si - est - do-lor*", "si había dolor semejante al de aquella traición" –pensó–, y todo el dolor de la fuerza del sonido, la que construían las voces y la que aportaba él con el impulso de sus manos, de sus brazos, de su cuerpo, le estalló en su interior: "¡cómo podía traicionar así a su mujer!".

La intensidad de la obra se fue desinflando. Lo que ahora se oía no eran más que ecos de aquel dolor, avisos para los caminantes (*o vos omnes, qui transitis per viam*).

El ensayo terminó. El Maestro fue preguntado por los miembros del Coro sobre diversas cosas. Él estaba como ausente, ensimismado, como si todo lo que ocurriera a su alrededor le fuera ajeno. Sólo le interesaba recoger sus partituras y ordenarlas. Ordenarlas: poner en montones parejos las partituras utilizadas, meter las suyas en su maletín, recoger las hojas de firma, colocar las carpetas y las cajas en el sitio de siempre. El grupo iba saliendo, algunos se quedarían charlando en la entrada del Colegio Mayor, pero la mayoría se iría; su mujer le ayudaba a recoger todo, en silencio, con eficiencia. Él volvió a colocar el mantel sobre la mesa, los dos candelabros, el atril con el misal y la cruz dorada; y colocó el atril de pie de lecturas evangélicas que se situaba, para el orador, a la derecha de la mesa que servía de altar. Se cargó el maletín al hombro y apagó las luces. Cerró la puerta y comenzó a caminar por el ancho pasillo que los llevaba hacia afuera. Su mujer le tomó del brazo, en silencio.

Op. 27

Allí estaba, cenando con ellos, dándoles otra oportunidad, y ellos, como dos burros a los que quieres sacar del cajón para que correteen en libertad, empecinados en sus argumentos obtusos, queriendo quedarse en el cajón del transporte.

–Javi ha trabajado mucho por el Coro, y no pueden venir ahora unos chavales y decidir lo que les venga en gana.

Estábamos en una pequeña pizzería del barrio viejo de la ciudad. Es un lugar muy apreciado, a veces hay colas, y disfruta del marchamo de lo casero y familiar, pero son unas pocas mesas con manteles de tela y un horno de piedra donde una cocinera cansada mete pizzas vulgares con los condimentos tradicionales.

–Pero no podemos negarle el voto a los jóvenes porque sean jóvenes –les dije. Javier se mordía los padrastros, pero no disimuladamente, sino metiéndose media mano en la boca. Estaba tenso como la piel vieja de un tambor.

Habíamos tenido un concierto, un gran concierto. Y todo había sido esplendoroso, fulgurante, lleno de emoción contenida. Él había dicho que el concierto no saldría ("Sabes que este concierto está maldito..."), y yo le había respondido como siempre (todo es una fachada de mi propio miedo): "Todo va a salir bien". Pero él habría preferido que hubiera sido un desastre, lo sé, por eso se mordía los padrastros con tanta tensión contenida.

Yo no tenía por qué estar en esa cena. Me había repetido mil veces que todo se había acabado, que no tenía por qué aguantarlo ni un minuto más. Pero allí estaba. Tenemos entre treinta y cuarenta años. Yo soy el director de un buen coro y una buena orquesta; amateur, pero buena. Desde abril del año pasado se trabajaba en este proyecto: el Requiem Alemán de Brahms (todavía hoy suenan sus melodías en mi cabeza: "Benditos, benditos los que siembran..."). Había pasado un año, y en verdad ese concierto había acumulado problema tras problema. Yo me obligaba a mantenerme firme ante todos, para que la duda no minara al grupo, pero estaba deseando gritar, temblar en público, mostrar mi miedo.

–Con esta placa quiero agradecer a Mauricio Mena y a esta fantástica orquesta y coro la maravillosa noche que nos ha hecho pasar con este prodigio de Verdi. –Y ahí fue donde empezó todo. Me preguntaron en público cuál sería la obra del siguiente año, y yo dije que esa misma tarde había estado mirando la partitura del Requiem de Brahms. Era verdad. Y me creyeron. ¿Quién podía creerse que la misma tarde antes de dirigir el Requiem de Verdi un director estuviera tocando al piano el Requiem de Brahms? (entonces sentí la punzada de la infidelidad como si le estuviera escribiendo a una enamorada la misma tarde en que iba a tener mi primera cita con la mujer a la que había perseguido durante un año).

Javier y Silvia habían llegado al coro en los primeros ensayos de Verdi. Todo había sido muy rápido. Un antiguo componente del coro me había invitado a su boda en nombre de nuestra "profunda y antigua amistad" ("Te he traído esta invitación para ti porque hemos sido grandes amigos...") y yo siempre pensé que lo hacía para tener orquesta y coro gratis en su boda –aunque no sé cuál es la verdad–, porque también me invitó a la despedida de soltero. Yo pensaba decir que no, pero me llamó un, por entonces, desconocido Javier que me emocionó por su trato afable y que me insistió en que fuera ("Nos vamos a reunir los mejores amigos de Felipe..."). (Ya me había pasado esto otras veces: alguien me decía: "Tú, que eres mí mejor amigo...", y para mí no era más que un conocido). Pero tuve curiosidad por conocer a Javier, ese amigo fiel, entrañable y cariñoso que organizaba la cena de despedida como si fuéramos amigos de toda la vida.

No sé cómo ocurrió todo, pero un par de meses después estábamos saliendo mi mujer y yo con Javier y Silvia, y a Felipe, el que se casaba, no lo volvimos a ver.

Yo sé que los meses antes del concierto Javier estuvo descolocado. Su mujer quería que adoptaran a un niño (era diabética) y él no. No, o se sentía asustado, desorientado ("Ella me ha engañado" –me decía– "nunca me dijo con claridad que no podríamos tener hijos naturales, ¡y es médico!"). Creo que se echó una amante, o al menos lo intentó. La amante, que era más joven, conoció a un chico nuevo del coro y no volvió a salir con nosotros en las patéticas cenas de a cinco que tuvimos que sufrir durante algún tiempo en las que estábamos las dos parejas y ella (no sabría decir a quién llamo "ella").

Una noche, un cachondo del coro me dijo que por qué no hacíamos que los ensayos por cuerda (los lunes trabajaba con tenores y bajos, y los martes con sopranos y contraltos) fueran mixtos (bajos-contraltos y tenores-sopranos). Me pareció bien y me sorprendió que no lleváramos haciendo eso durante años. Javier me dijo que no, que era la única noche que se libraba de ver a su mujer.

–Silvia –le dije en la pizzería después de la encendida defensa de su marido (habíamos terminado la cena, la pizza me sentó mal luego por la noche)–, todos votaron a favor del cambio de horario.

–Mi marido, no.

–Sí, pero él me había dado sus razones y no me habían parecido muy contundentes.

–Él viaja muchos martes.

–Ya.

Javier no es muy importante en el coro, podría irse y no pasaría nada; podría enfadarse, intentar crear mal ambiente y que nadie le hiciera caso. Pero desde hace tiempo me guardo mucho de menospreciar a los contrincantes. Una vez le dije a un violonchelista –que hasta entonces había tenido muy buena conexión conmigo– que le temía, que me parecía un tipo con el carisma suficiente como para liderar un movimiento contra mí (en realidad pensaba que era un pamplinas –como lo pienso de Javier–, pero era joven, y creí que iba a ayudarle a madurar como persona subiendo su autoestima), en sólo un mes había organizado –sin justificación alguna– una rebelión contra mí que llegó a ponerme contra las cuerdas y que en cierto sentido coadyuvó a que me sustituyeran como director de aquella orquesta).

Wie lieblich sind deine Woh... Es curioso cómo los recuerdos se van esfumando, como las melodías de una gran obra. No han pasado todavía dos semanas y el silencio se va apoderando de mis recuerdos. Cuando estoy cercano al concierto todo suena dentro de mí incesantemente (y yo lo dejo estar). La noche después del concierto es una tormenta incontrolable de repeticiones (y yo me dejo asfixiar de sonidos como un padre se dejaría ahogar en besos por un hijo que sabe que va a morir en los días siguientes). Sé que hay personas que sienten que van a volverse locas cuando una melodía se les repite en su cabeza y no la pueden expulsar. El arte musical conlleva el sufrimiento de lo efímero. Por eso, cuando las últimas hebras del tejido sinfónico se deshilachan por mi cerebro las dejo estar, como una dulce despedida en una estación, viendo a mi amante partir en un tren sin retorno.

Invitaron al coro a dar el concierto en otra ciudad. Un tipo con voz lastimera llamó pidiéndome que los socorriéramos ("Hola, me llamo Luis", me dijo con voz de gay fino con pluma), el coro que tenía que interpretar el Requiem de Brahms se había descolgado a última hora y el concierto estaba a las puertas de suspenderse.

Me gusta que mi coro viaje. Son jóvenes y llenos de ilusión y el hecho de viajar sigue manteniendo el halo romántico de la aventura. Y me gusta tener la posibilidad de aportar felicidad a la gente. Lo dije en pleno ensayo: "Hay viaje". Y la gente se puso muy contenta. Luego vinieron las fechas, y las fechas no convencen a todos.

Aquella tarde, antes de anunciar el viaje, le dije a Javier por teléfono que a mí ese viaje me jodía: "Les he pedido que me dejen dirigir uno de los dos conciertos y se han negado en redondo, ha sido una negociación dura y se han mostrado inflexibles". Por la noche, después de mi anuncio, él se pronunció públicamente. Estaba en contra de que el coro viajara. "Vendréis fundidos y el concierto por el que hemos trabajado durante meses se malogrará". Técnicamente tenía razón o podía tenerla, pero aquello era imparable. ¿Quién podía decirle a un grupo de jóvenes que no hicieran un viaje de cuatro días cantando el Requiem Alemán de Brahms? Hubo réplicas, Silvia habló y le dio la razón a su marido ("Javi ha trabajado mucho por este coro, se ha quedado de madrugada grabando discos para todos, y ahora no le podéis hacer esto"). Hubo voces mediadoras, pero sólo para calmar los ánimos, porque el viaje era imparable. Planteé un par de votaciones. En la última no hubo ni un sólo voto en contra de que fueran de viaje los que quisieran ir, sin obligar a los demás. Javier se levantó y comenzó a recoger sus cosas (fue un acto muy ostensible, de gran fuerza simbólica, de difícil marcha atrás), yo hablé dándole la razón públicamente para facilitar su vuelta. Pero se fue. Su mujer se levantó y le siguió.

No sé muy bien de qué trata esta historia. Sé que hay música, y relaciones personales, y maneras de pensar y de ver el mundo. ¿Por qué me insistió tanto aquel desconocido llamado Javier para que fuera a la despedida de soltero? ¿Por qué salíamos juntos un par de meses después? ¿Quién se echa amigos nuevos con treinta y tantos? ¿Qué había construido los años anteriores para tener que depender de nosotros? Claro, que también estaba yo, dependiendo de un proyecto musical lleno de gente que se renovaba continuamente y de la que hacía depender mis relaciones emocionales y de amistad. A veces pienso que se opuso al viaje para que yo viera que él era el único que defendía mi posición, y que en algún momento perdió la conexión de por qué empezó a oponerse y de por qué seguía oponiéndose.

–En dos semanas Javier habrá vuelto al coro –le dije a mi mujer.

Antes del siguiente ensayo le llamé para decirle que sentía que no viniera. A la semana siguiente me empleé más en profundidad, aunque sabía que todavía no había llegado su plazo. Antes del ensayo principal de la segunda semana lo llamé y me lo trabajé duramente durante hora y media. Le grité, apelé a nuestra amistad, le di la razón mil veces y le dejé que se creyera triunfador en algo: "Tienes la oportunidad de hacer bien las cosas en tu vida" –me dijo, haciéndose el psicólogo de guardia– "y siempre optas por hacerlas mal". Yo, como un adicto a grupos de autoayuda, me confesé y le dije: "¡Sí, sí! ¡Perdóname!".

Esa noche volvió.

No sé qué pasa por la cabeza de la gente. Intento comprenderla y ponerme en su lugar. Todos arrastramos carencias y deseos. Quizás Javier quería tener un hijo, o muchos hijos, hacer una familia. Quizás no Javier, pero sí el inconsciente de Javier, una pulsión interior que nace en los genes o en la programación genética, y, en su defecto (como la gata que sufre un embarazo psicológico y adopta a los perritos del vecino), tomó la camada llamada coro, y quizás a mí como primogénito, e intentó imponerle su voluntad, guiar nuestros pasos, darnos de mamar a cada uno de su teta de orden y sumisión.

Él quería lo mejor para nosotros y no había votación posible (¿quién da a votar decisiones importantes a niños inmaduros?). Yo tampoco tengo hijos y puedo comprender esa pulsión respecto al grupo.

La sala estuvo absolutamente abarrotada. Fuera llovía copiosamente ("El parte meteorológico dice que lloverá el domingo", me escribió escuetamente Javier en un mensaje. Yo le contesté diciendo: "Nos interesa: no tocaremos en el antiguo claustro y ganaremos en acústica"). El coro lo formaban ciento veinte personas, la orquesta setenta y seis. Aquél iba a ser un gran concierto. Salí al escenario con la soprano y el barítono. Ovación, saludo. Y comienzo. Miré hacia los músicos, revisé su colocación; miré al coro y vi a Javier, que no me miraba. Eso era buena señal: todo había salido bien.

Dos días antes me había llamado el percusionista para decirme que no tenía timbales para el concierto, que la orquesta en la que tocaba no se los podía dejar. Eso era un problema, los timbales son parte esencial en el segundo número de la obra, hacen de la pieza algo sublime con sus tresillos de corchea. Hice llamadas y no pude solucionarlo, yo estaba viajando con el coro en el "viaje de la controversia" y era difícil encontrar soluciones. Llamé a Javier para que fuera a mi casa, pidiera las llaves a mi vecina y encontrara en mi agenda el teléfono de un percusionista que tenía sus propios timbales. Fue entonces cuando Javier me lo dijo:

–Ya sabes que este concierto está maldito.

–Todo va a salir bien –le dije.

Es verdad que no dejaron de surgir problemas. Cuando volvimos del viaje, la noche anterior a nuestro concierto, llamó el barítono solista y me dijo que estaba afónico. "Métete un chute de cortisona" (ya no me daba tiempo a hacer venir al barítono gay).

Este concierto no estaba maldito. Todo es complejo y yo lo asumo, lo asumo siempre. Se presentan problemas y los soluciono. Y si no se pueden solucionar no pasa nada: no es más que un concierto. Sea como fuere, el público se emociona.

Cuando terminó el primer movimiento, miré hacia la puerta. La puerta daba a la calle, alguien quiso salir, y a través de ella vi a gente agolpada, con los paraguas abiertos oyendo el Requiem Alemán de Brahms desde la puerta, mojándose, bajo la lluvia. Nunca olvidaré esa imagen. El conserje quiso cerrarla, los que esperaban fuera me parecieron como perrillos tristones que miran desconcertados al amo que los deja en la calle. Desde el pódium, mientras esperaba que se creara el silencio para poder seguir, le hice un gesto. Ese fue un buen momento: el conserje no pudo soportar la presión de mi mirada y mi mano desde el pódium (por su gusto los hubiera dejado fuera, ya lo discutimos por la mañana) y abrió la puerta. Empezaron a entrar mojados, en silencio, cabizbajos, acoplándose en los pasillos y en los rincones vacíos, y la orquesta comenzó a golpear con sus arcos en los atriles en señal de aprobación, y el público empezó a aplaudir. Nunca olvidaré esa imagen, ese instante. Iba a comenzar el segundo movimiento y todo estaba saliendo bien, muy bien.

Pasan los días y los sonidos del Requiem dejan de venir a mí. He escuchado otras obras, hay música y melodías por todas partes ("Cumpleaños feliz" cantaban ayer a una amiga y yo pensaba que mi Requiem se alejaba en mis neuronas como esas cartas que guardo en un profundo cajón y que van siendo sepultadas por las siguientes. Y yo sé que ese alejamiento, ese solapamiento, significa olvido). Y no sólo hay otras obras, hay otros proyectos. Ahora escucho los Lieder Op. 27 de Richard Strauss y comienzo a desearlos, ("Descansa, alma mía, tus salvajes tormentas pasaron ya...", dice el nº 1), el proyecto empieza a fraguarse en mí.

–Aurora –le dije a la solista de mi Requiem después de ensayar su maravilloso Ihr habt nun Traurigkeit– tenemos que montar los Op. 27 de Strauss.

–Lo deseo con toda mi alma –me dijo.

La vida son proyectos. La amistad se basa en proyectos. El arte se fragua en proyectos. Quizás por eso acudí a esa cena: sabía que Javier seguiría quejándose, que Silvia seguiría dándole la razón, y que yo seguiría hablando de mi Requiem. Una famosa actriz, jubilada desde hacía años, fingió su muerte sólo para volver a ver escrito su nombre en los periódicos, para leer lo mucho que la habían admirado. La comprendí.

¿Qué había sido del Requiem de Brahms que yo había dirigido días antes? Ya sólo me quedaban ellos y aquella pizzería familiar. Aquellos manteles de tela, esas pizzas vulgares y Javier y Silvia quejándose de que las decisiones habían estado mal tomadas, que la gente no podía decidir, que nuestro concierto había estado en peligro. Yo me habría quedado allí una eternidad oyéndolos, era lo único que me quedaba. Javier se comía los padrastros, Silvia se quejaba sin parar; en las paredes, dibujos del Ponte Vecchio, del David de Miguel Ángel, de la Gioconda; olor a pizza hecha en horno; rumor de gente hablando.

Mañana brillará de nuevo el sol,
y por el sendero que recorreremos
la felicidad de nuevo nos envolverá
en el seno de esta tierra embriagada de sol…
Del Op. 27. nº 4 de R. Strauss

Nosotros queríamos tanto a Maribel...

Todo comenzó en un Fin de Año aburridísimo. Estábamos en casa de Maribel, eran casi las 5 de la mañana, y aún no habíamos hecho nada. Primero estuvimos en casa de la madre de mi suegra cenando. Ya saben: cena, risas, uvas, campanadas, abrazos, llamadas telefónicas. Luego vimos la tele, esperando que alguien de la pandilla se moviera. "Ahora estamos en casa de mis padres", "En una hora bajamos al centro", "Maribel dice que vayamos a su casa, pero todavía no" (humoristas de esmoquin seguían en la tele). Por fin salimos. Una pareja estaba ya en su casa casi en pijama, pero al final se animaron. Y llegamos las dos parejas a la casa de Maribel, eran las cuatro y media de la madrugada y estábamos en un barrio periférico desolado. Ella y su nuevo novio, Domingo, estaban esperándonos. Hubo falsos alaridos de alegría (todos lo sabíamos) y entramos en la casa témpano a morirnos de frío durante las dos siguientes horas para luego poder decir: "¡Nos acostamos ya amaneciendo!". Maribel hizo chocolate y puso en la freidora churros congelados. Ese era nuestro fin de año. Tres parejas medio dormidas comiendo chocolate a las cinco de la mañana. Yo me senté en una mesa redonda junto a un brasero. Maribel se sentó al piano y tocó alguna tontería para animarnos. La otra pareja, Juan y Carmen, se puso a cantar. Martina, mi mujer, se sentó conmigo, pero quería participar (es la cantante, ¿saben?). Luego tomamos el chocolate y los churros rotos (los de la primera remesa) y quemados (los de la segunda) y hablamos de algo.

–Oye, Domingo –le dije yo–, Martina y yo estamos pensando en comprarle una viola a Nacho.

Nacho es un amigo nuestro que va por los estudios intermedios de Viola en el Conservatorio de Música, pero tiene ya treinta años y no sabe por dónde tirar. En esa reunión todos éramos músicos y la mitad vivíamos de ello.

–Vaya, eso sí que es tener buenos amigos –dijo Domingo.

–Bueno, Nacho es un buen músico, tú lo sabes. Y yo creo que tiene condiciones, pero tiene una viola muy mala. Creo que está en ese momento en el que, si llegara a sus manos un nuevo instrumento, quizás se entregaría a él. Es un empujón lo que necesita. –Yo le comentaba todo esto a Domingo porque él estudió viola y aún seguía tocándola. Primero tocó el violín, luego se pasó a la viola; con esos conocimientos y una licenciatura en Psicología se presentó a las oposiciones de profesor de Música de Secundaria y las sacó. Ahora trabajaba en un pueblo remoto, e iba y venía todas las semanas–. Martina y yo fuimos a la tienda del luthier belga para ver los instrumentos y estuvimos probando cinco violas que tenía allí. Hubo una que me gustó, pero siempre te quedan dudas–. ¿Te importaría pasar a echarle un vistazo y decirnos qué te parece?

–Sí, claro –dijo Domingo–, yo paso por ahí cerca muy a menudo, por allí está la tienda de mi padre.

–Nos gustaría regalársela para Reyes.

Quedamos en que yo le llamaría en pocos días. Me gustó encargarle una tarea, pensaba que esto iba a servir para unirnos. Su nueva novia era nuestra amiga íntima y pensé que a ella también le agradaría. Yo tengo ahora un buen amigo que era el novio de una chica de nuestro coro cuando teníamos alrededor de los 25. Él venía siempre a esperarla y yo comprendí que a ella le agradaría que él se incorporara al grupo. Ahora salgo más con él que con ella (ella siempre me mira mal porque me lo llevo de juerga: vamos al cine). Igual podía pasar con Domingo: iba a ver el instrumento, luego yo lo llamaba, charlábamos y comenzábamos a tener algo en común. Nosotros queríamos tanto a Maribel...

Maribel fue la pianista de un coro al que pertenecía Martina, mi mujer. La conocí después de que cantaran en una boda por poco dinero. Luego la llamé para que acompañara al Coro que yo dirigía y más tarde llegó a tocar en mi orquesta. Era enérgica y alegre, sólo con eso pueden saber cómo es. Yo siempre creí estar enamorado de ella. No sé qué es eso, no sé qué es el amor, ni estar enamorado, todo es tan complicado. Unas veces confundimos los sentimientos, mitificamos a las personas que no podemos alcanzar; otras, pensamos en la chica solitaria a quien nadie quiere cuando nosotros estamos solos y sentimos que tampoco nadie nos quiere. ¿La quise? No lo sé. Yo quería que las cosas le fueran bien, me parecía un perrito abandonado a quien se le tiene mucho cariño, pero ¿es eso amor? Ella había tenido un novio, al que nunca conocí, que vivía en el mismo bloque de ella. Por los datos que tuve de él, debió de ser un sinvergüenza: sólo se veían en casa de él. Pero nunca salía a la calle con ella. Luego ella se lió con un buen amigo mío, cantante de mi coro. Fue un desastre: él, desequilibrado emocional y desorientado vitalmente se encontró con ella, necesitada de alguien que quisiera sacarla a la calle, que le diera la mano en público, que fuera algo más que un vecino calentón. Y él se metía en casa de ella por semanas, luego la abandonaba, luego volvía, luego la dejaba. El desquicie.

Ahora que estoy contando esta historia me pregunto de qué va. La historia de la viola tiene que ver con Maribel, eso es seguro, aunque no empezó así.

Primero vino el tsunami. Fue el 26 de diciembre. Desde el primer momento intuí que no habrían muerto más de doscientas personas, como en una primera información se dijo, ni más de dos mil. En un par de días se tuvo conciencia aproximada de la realidad del desastre y todo el mundo comenzó a machacarnos la conciencia. Este desastre, pensé, no era culpa de la política imperialista y consumista de Occidente, ni fruto de una guerra apoyada por nosotros. Esto fue una catástrofe natural y nosotros no éramos los culpables. Pero mi añeja educación cristiana no me permitía quedarme impasible. Me llamaron para dar un concierto benéfico y dije que no: no podía disfrutar dirigiendo una cantata de Bach con la excusa de que otros no tenían para enterrar a sus muertos. Sin embargo, se me ocurrió orientar mi ayuda a algún caso concreto y real que fuera muy cercano: alguien que necesitara realmente mi ayuda y que con ella pudiera encauzar su vida. Ese fue Nacho, y la acción: comprarle la viola. Si Nacho recibía el día de Reyes una viola antigua, elegante y sonora era porque un movimiento de tierras en las profundidades del Océano Índico había provocado un maremoto que mató a 220.000 personas. Esa era mi lógica.

–Oye, Maribel, ¿sabes si Domingo se pasó a ver la viola?

–Creo que sí –dijo ella–. Llámalo al móvil. Espera, que te doy su número.

Me dio su teléfono y me dijo que estaba en una cena. Yo lo llamé. Me salió el contestador y le dejé el mensaje.

Me llamó un rato después. Me dijo que había visto la viola y que había estado tocándola. Que estaba bien, pero que no sabría decirme específicamente si merecía la pena. "El luthier belga este es un poco carero, ya lo dice todo el mundo", me dijo. Me dejó casi igual que estaba. Ah, me hubiera encantado oírle decir: "Está estupendamente, y en relación calidad–precio es muy buena". Eso es lo que yo hubiera necesitado para lanzarme a comprarla, pero no saqué esa conclusión de la conversación, seguí indeciso. Comprar un instrumento de cuerda es algo muy delicado y los precios son muy relativos. Yo le hice una pregunta concreta a Domingo: "¿Crees que es una viola de suficiente nivel como para estudiar el grado superior y empezar a trabajar, o es de estudiante de grado medio?". No supo decirme. Nacho necesitaba una viola que pudiera sacar delante de sus compañeros y éstos dijeran: "Este tío es un viola y toca la viola". Algo incontestable, que le diera seguridad ante el entorno profesional.

Esperé.

Llamé a Maribel. Debía de ser ya 4 de enero.

–¡Hola M. B.! –así la tengo en mi móvil.

Le conté todo el proyecto de comprarle la viola y le propuse que se la regaláramos entre unos cuantos (valía 1.400 euros). Si ella decía que sí seguiría llamando a gente del círculo para reducir la aportación de cada uno.

A estas alturas ustedes se habrán perdido. ¿No iba a comprarle yo la viola, o, como mucho, entre mi mujer y yo? Tuve dudas. Tuve dudas de mi bondad. ¿Era tan bueno como para gastarme 1.400 euros en un regalo que no era para mí? Una vez lo hice, y eso me dio cierta fuerza en esta ocasión. Pero entonces lo hice un poco obligado: Había estado en Medellín trabajando como profesor y director de la orquesta y coro de una Universidad privada, me hice muy amigo de una pareja que me tuvo recogido en su casa. Él era una de las mejores personas que he conocido nunca: alegre, solidario, luchador en las adversidades (que allí no eran pocas) y con un gran corazón que te entregaba continuamente. Antes de volver me dijo que querría venirse a España a trabajar, y que a lo mejor en unos meses estaba por aquí. Yo le ofrecí sinceramente mi casa. A mi vuelta estuvimos llamándonos y por fin decidió venirse. Sólo tenía que vender la moto y comprar el pasaje. Días después me llamó diciéndome que le habían robado la moto (a partir de aquí yo ya no sé qué fue verdad y qué mentira). Yo me ofrecí a pagarle el viaje, que ya él me pagaría con el tiempo y si las cosas le iban bien. Pregunté en una agencia, pero era más barato comprarlo directamente en Colombia. Ustedes ya se imaginan qué pasó. Le envié a una cuenta 170.000 pesetas. Y nunca más supe nada de él. Bueno, sí supe. Como no daba señales de vida, me puse a pensar y pensé que yo era un europeo prepotente que estaba haciendo la caridad de dar dinero para crear un esclavo más en esta tierra de promisión y que para un colombiano 170.000 pesetas en dólares era como convertirse en rico de la noche a la mañana y regalárselo todo a Iberia para llegar a España como inmigrante ilegal; y lo llamé. Conseguí hablar con él y le dije que ahora que le había mandado el dinero me daba cuenta de que con eso él podía poner un negocio, ayudar a su familia y a cien más. Lo liberé de la carga de tener una cuenta millonaria y poder gastárselo en lo que quisiera. Ahora sí: después de esa llamada nunca supe nada más de él.

Cuando recuerdo este episodio me reafirmo en no dar limosna por la calle y en no haberla dado antes porque en aquella sola acción ya me resarcí de deudas morales anteriores y posteriores. Ahora, con la viola, estaba entrando en otra fase en la que mi dinero sería dedicado a una buena causa sin saber exactamente su efecto.

–Yo creo, José Enrique –me dijo Maribel– que no deberíamos regalarle la viola, que debería ganársela. Porque si le viene sin esfuerzo igual no la valora. Podemos poner el dinero, pero dile que él tiene que ir pagándola mensualmente, para que así valore lo que tiene.

Luego empezó a decirme que para cervecitas sí que tenía dinero, que siempre estaba en el Bar J.L. y que se podía pasar toda la madrugada sin que le faltara algo que beber. Maribel se calentó un poco y empezó a decirme que ella le había prestado su viola china y que se la había pedido hacía ya varios meses y no se la había devuelto. Toda esta parte me dejó algo confuso.

En un viaje que hice el año anterior a Marruecos, Nacho vino como viola de mi pequeña orquesta. En Rabat encontró un carpintero que hacía guitarras y que tenía hecha una viola bastante rudimentaria y se la compró por sesenta euros. Esa era su actual viola. Cogió el puente, las clavijas, las cuerdas y el arco de la viola que tenía de Maribel y se reconstruyó una hibridación que más o menos le funcionaba. Si le devolvía su viola se quedaba sin cuerdas ni puente ni llaves. Maribel decía que con el dinero de las cervezas se podría haber comprado todas esas pequeñas piezas. Y quizás tuviera razón.

Cuando Maribel me contó todo esto pensé en mi "amigo" de Colombia. Y las dudas me hundieron más. Liberé a Maribel de invertir y decidí hacer la inversión en solitario, pero diciéndole a Nacho que yo estaba dispuesto a poner el dinero si él me lo iba pagando. El efecto tsunami se estaba diluyendo.

Lo llamé y le dije que, yendo a comprar cuerdas para el violín de Martina había visto una viola por 1.400 euros, que me pareció buena, y que estaba dispuesto a adelantarle el dinero si quería comprársela. Le pareció bien. Era día 4 de enero, pero ya no había prisa porque de regalo había pasado a préstamo. Le dije que había mandado al nuevo novio de Maribel a verla y que aunque le parecía bien, su opinión no era definitoria. Él planteó razonablemente esperar al martes 9 de enero para intentar que su profesor del Conservatorio le acompañara a la tienda a echarle un vistazo.

El martes después de Reyes, cuando fue a la tienda con su profesor, según me contó él esa misma tarde, la viola ya no estaba porque se la habían vendido a un tal Domingo. No sólo fue así, fue algo más duro, porque en la tienda le habían dejado a Domingo que se la llevara de prueba unos días y ya la tenía en su poder desde antes del día de Reyes. Desde la propia tienda, y ante la presencia de Nacho y su profesor, llamaron a Domingo, le dijeron que había alguien interesado y le preguntaron si finalmente se la quedaría. Domingo dijo "sí", y ahí se acabó todo.

Yo me enfadé bastante. Nacho no comprendía del todo la situación porque él había sido ajeno a casi todo el proceso. Yo se lo conté. Entonces comprendió lo mezquino de la acción. Al momento ambos comprendimos que esto a quien más afectaba era a Maribel y a su relación con nosotros. ¿Cómo iba a gestionar ella esta traición?

–Maribel, ¿qué ha pasado con la viola? –La llamé.

–Yo se lo he dicho a Domingo: "Esto que estás haciendo está mal y José Enrique y Nacho se van a enfadar".

Luego llamé a Domingo:

–¡Hola Domingo! ¡¿Qué tal?! –le saludé–. Oye, ¿qué ha pasado con la viola?

Me dijo que llevaba varios años buscando una buena viola, que esa le había gustado mucho, que creía que a nosotros ya no nos interesaba porque no habíamos dicho nada.

–Pero no teníamos que informarte de nada. Nacho quedó en pasarse con su profesor y el primer día de clase han ido a verla. Si tú hubieras dicho que estabas interesado yo te hubiera informado de cómo iba el proceso.

Se acaloró, con esos acaloramientos de los que tienen mala conciencia y cuya única defensa es atacar. Me dijo que él se la merecía, que había tenido reflejos y decisión. Yo le dije que había sido una acción mezquina (nunca había visto que una acción se acoplara tan fielmente a una palabra, y me alegraba de estar sabiendo usarla). Él me dijo que yo no tenía ni puta idea de música, que no sabía ni agarrar la batuta. Yo me mantuve siempre sereno y controlado, sabía que sus palabras eran desproporcionadas y que se arrepentiría de lo que estaba diciendo.

Yo pensaba en Maribel: "Menudo prenda le ha tocado, esto nos hace hoy a nosotros sabiendo que le afecta a ella, y algún día se lo hará a ella sin pensar más que en sí mismo". Le dije algo al respecto:

–Esto que has hecho es una acción totalmente legítima en un mundo de lobos consumistas, pero somos los mejores amigos de tu novia.

–¿Y qué?, ¿me tiene que dar pena que ella vaya a perder a sus amiguitos Juan, Carmen y Paco? ¡Vaya pérdida!

La conversación subió y bajó. Yo la llevé a una entente cordial, y cuando ya estábamos terminando apaciguadamente (aunque yo no pensaba perdonarle), me dijo: "Y además, la mujer de la tienda me ha dicho que en febrero llegará otra igual"

–No, Domingo –le dije–. No me trates como a un tonto, no me vengas ahora a pasarme la mano por el lomo diciéndome: "No pasa nada, niño, si ahora va a venir otra igual". Tú y yo sabemos que no hay dos instrumentos iguales en el mundo y que si tú llevas mucho tiempo buscando una viola es porque no es fácil conseguirlas. Y, además, si va a venir otra igual, ¿por qué no le das a Nacho la que tú tienes y te esperas a que venga la otra que va a ser igual?

De nuevo se sintió acorralado y arremetió contra mí.

Mientras lo oía yo me preguntaba: ¿quién es este tipejo que habla así? Yo intentaba comprenderlo, más por una cuestión sociológica o por mantener mi teoría de que nadie es malo sino que algo que lo hiere le hace atacar. No tenía datos. No sabía quién era, pero recordé que, siendo alumno mío años atrás en la Orquesta del Conservatorio, me contó algún rollo que yo no le admití, y ya entonces hubo tensión, y ya entonces me dio miedo y no me pareció una buena persona.

Ustedes se estarán preguntando si la animadversión era por el hecho en sí de la viola o porque ese era el nuevo novio de mi querida Maribel y yo estaba celoso. No crean, yo tampoco lo tengo claro; y me lo pregunto porque me gustaría saberlo. De cualquier manera, me parece que su acción era penosa y que alguien como él no le convenía como pareja a nadie; pero por otra parte entendía (y entiendo) que cualquiera puede realizar una acción deshonrosa en su vida y no por eso ser malo intrínsecamente.

En las horas y días posteriores le conté el contenido de esa agria conversación a mi mujer, a Maribel, a Nacho y a Juan y Carmen. Maribel llegó a decir que aquello le estaba afectando a su relación de pareja, yo tuve unos pensamientos miserables sobre ello: ¿y si el tipejo ese no la quería y se aprovechaba del barullo para ahorrarse cortar con ella y resultaba que yo le estaba haciendo un favor y al final se había acostado con nuestra querida Maribel, le habíamos hecho el trabajo sucio de darle una excusa a ella para que lo dejara y, encima, se había quedado con la viola?

Un par de semanas más tarde, él me mandó un mensaje de móvil (¡si sería cobarde!) pidiéndome disculpas por los ataques personales hacia mí. Yo avisé rápidamente a Nacho y le dije: "Te va a pedir disculpas, no hay disculpas sin rectificación: que te venda la viola." Efectivamente, le pidió disculpas pero no le ofreció la viola. Yo se lo había dicho a Domingo en la conversación "agria": "Todo esto es rectificable: vas y le das la viola a Nacho y que él se la pague al luthier".

–Nacho, tío, no puedes dejar que termine ofreciéndote la viola y quedando como que ha rectificado, y tú, como un caballero, no aceptándosela porque al final habrá quedado bien y, encima, ¡se llevará la puta viola! Y cuando se la esté llevando se reirá de todos nosotros y pensará: "Al final me he salido con la mía, me he quedado con la viola y aquí no ha pasado nada".

Días después conseguí hablar con el luthier belga, me presenté como Director de Orquesta del Conservatorio Superior y le recordé que él había arreglado mi violín vienés el año anterior. No me recordó, pero me trató con mucho respeto. Le indignó la historia que le conté y me dijo que si la hubiera conocido no le hubiera permitido comprarla. Para desagravio nuestro nos dijo que, en realidad, la viola era china, que le ponían un sello americano para que pareciera más interesante. Ser un instrumento de cuerda chino es como comprarse un reloj falso o un polo de marca falso o una raqueta de tenis americana a la que se le descubre el sello made in China. Con una viola china no se puede entrar en una orquesta, no se puede abrir un estuche ante los compañeros y sacar tu instrumento. Con una viola china no se puede tocar en ninguna parte. Sobre todo si todo el mundo sabe que es china.

Se lo conté a Nacho. Nos reímos.

Semanas después, Domingo le ofreció, por fin, la viola a Nacho. Nacho me llamó:

–Me ha ofrecido la viola.

–¿Y qué le has dicho?

–Que necesitaba tiempo, que ahora le llamaba. ¿Qué hacemos?

–Ser unos caballeros –yo ya no tenía dinero– y comportarnos como él debía haberse comportado.

–Pero voy a tardar en llamarlo, para que sufra un poco.

–El bálsamo de la diminuta venganza...

Me llamaron de nuevo para hacer el concierto benéfico. Como tenía mala conciencia, puse a toda la orquesta y el coro en el aprieto y lo dimos. Fue más sencillo que comprar una viola. Y más barato.

Después del concierto, Domingo apareció para recoger a Maribel. Yo le di la mano respetuosamente. Pero no volví a hablarle en toda la noche. No era suficiente que la viola fuera china, sabía que un día u otro le daría un zarpazo a mi amiga y la dejaría rota.

Pasó el tiempo. Y efectivamente ella descubrió que él tenía otra novia en el pueblo donde trabajaba. Lo dejó. Sufrió mucho. Me sentí indignado por todo lo sucedido. Y a partir de ahí todo ocurrió muy deprisa: dejé a mi mujer y me casé con Maribel.

Ahora me doy cuenta de que me hace bien haber contado esta historia, porque me demuestra cómo se tejen los destinos. Yo no sabía si quería a Maribel, pero en aquella época, cuando se enteró de la doble vida de Domingo y creyó que se le venía el mundo encima, la quise con infinita ternura. Pero hoy ella no significa nada para mí. Y está aquí, en casa, dando una clase particular de piano a un niño pequeño. Mientras yo, ahora, pienso en dejarla.

El experimento Manhattan

Me llamó mi amigo Alberto:

–Oye José Enrique, al final la película se va a hacer. Contamos contigo, ¿verdad?

Este Alberto era un neurótico obsesivo que cuando le daba por una cosa no podía hablar de nada más durante meses. Antes me había machacado con una novia con la que no le iba bien y de la que hablaba y hablaba, sin escucharte, hasta que terminaba con ella y comenzaba con otra. Luego se obsesionaba con la nueva, y con las amantes que le iban saliendo. Te hablaba de ellas y sus conflictos durante horas, durante días, durante semanas y meses. Cuando tenía un tema en la cabeza no se podía hablar de otra cosa. Luego empezó a quejarse de su trabajo –era periodista de un canal de televisión regional– y se obsesionó con ser profesor de Universidad, como yo. "Voy a matricularme en el Doctorado y en un año pienso hacer los cursos y la tesis. Y el año siguiente me haré profesor de la Universidad". "Claro", le dije yo, "en dos años Doctor y Profesor de Universidad..." Y lo consiguió. Por eso, cuando me llamó y me dijo: "Oye, al final la película se va a hacer. Contamos contigo, ¿verdad?", yo dije que sí, por si acaso, pero, por supuesto, pensaba que no se haría.

Hoy es sábado, 23 de julio, y ya llevamos una semana rodando el largometraje titulado *El proyecto Manhattan*, que no es más que un remake barato de la película de Woody Allen *Manhattan*, que se está grabando casi íntegramente en los estudios de una de las nuevas Universidades de Madrid donde, ahora, mi amigo Alberto es profesor.

Él me había mandado el guión, pero como yo ya conocía la película sólo leí las cuatro primeras páginas y vi que, efectivamente, no cambiaba nada. Yo hacía el papel de Woody Allen: un tipo con 42 años (justo mi edad) que sale con una chica de 19 y que comienza a sentirse atraído por la amante de su mejor amigo, de treinta y tantos. Deja a la joven, sale con la madura y al final la madura lo deja y cuando intenta volver –un poco a la desesperada–

con la joven, ella está a punto de salir de viaje para vivir durante algún tiempo en el extranjero. Pero nuestra película no podía consistir en repetir exactamente lo mismo con actores españoles: la idea era utilizar una cámara extra para rodar a la vez todo el proceso de realización del largometraje. Alberto contaba con que el proceso estuviera lleno de una riqueza intrínseca que construyera, por sí sola, otra película. Pretendía ser –y lo pretende todavía– una película que se construye a sí misma –porque todavía no ha pensado, ni siquiera, cuál va a ser su trama principal– sobre el rodaje de una película que trata de cómo se hace otra película (hasta tres niveles en un solo contenido). Para los actores y los técnicos, sólo es el rodaje auténtico del guión de *Manhattan*, de Woody Allen.

Pero para mí, en particular, está siendo un auténtico infierno.

Yo le dije a Alberto que sí porque sabía que la película no se haría. De hecho, tengo un apartamento en la playa y me preguntaron si lo alquilaría las dos semanas del rodaje en Madrid y dije que no porque, conociéndolo, sabía que en cualquier momento todo se detendría y yo me iría tranquilamente a la playa de vacaciones. Pero mientras, iba actuando "como si", como si se fuera a rodar una película en la que yo era el protagonista. Por eso comencé a estudiarme el papel del primer día de rodaje yendo en el cercanías en dirección al plató. Ahí fue cuando me pregunté: ¿Pero yo voy a ser capaz de memorizar todos estos diálogos (60 páginas) en estas dos semanas? Y ahí fue cuando la realidad me golpeó como una sartén en plena nariz: NO, yo sabía que no. Jamás en mi vida había sido capaz de memorizar nada. Me copié en todos los exámenes memorísticos de Bachillerato (me copié, sí, me copié, era un auténtico especialista, mis compañeros me llamaban "El Maestro"); aprobé la asignatura de Historia del Mundo Contemporáneo, que estaba llena de nombres y fechas por medio de un milagroso cambiazo (traía los exámenes escritos de casa y cambiaba la hoja en blanco por la rellena en medio del examen); aprobé selectividad con un 5'1, y porque conseguí copiarme de mi amigo Israel, que me cayó justo delante y me dejó mirar; dejé la carrera de Derecho después de 8 años porque era incapaz, totalmente incapaz, de aprenderme los artículos de las leyes de memoria, y me pasé a Filosofía pura donde, enrollándome, por fin, sacaba sobresaliente sin necesidad de memorizar (aunque alguna que otra miradita sí que echó "El Maestro" a los apuntes en medio del examen).

Siempre pienso que la Universidad española está muy mal, y siempre digo que la mayor prueba de ello es que yo soy profesor en ella. Y sin embargo, yo, que no soy una mala persona (ni un mal profesor, entiendo a los alumnos a los que les cuesta trabajo e intento facilitarles la tarea –a veces los veo copiar y los comprendo–). Creo que el valor de la memoria está sobredimensionado en nuestra sociedad y que existen otras cualidades por las que una persona puede ser valorada como investigador, creador y docente. Pero sobre un plató no hay excusas ni justificaciones ni alternativas.

–¡Acción!

–"Yo, yo creo que lo importante es la sensibilidad. Si un artista tiene capacidad para expresar con auténtica sinceridad sus vivencias y emociones, para plasmar sus sentimientos..." –Este tío no falla una, pensé sobre la marcha, está clavando el texto palabra por palabra. Me entró un cierto pánico controlado–. "...ese artista tiene talento" –continuó–. "El talento para mí es valentía, coraje..."

Entonces, yo debía haber dicho: "Yo, yo creo que el talento es cosa de suerte. El coraje es algo muy diferente. Un artista puede ser perfectamente un cobarde. La valentía es otra cosa". Pero dije:

–¡Coraje! ¡Qué va, hombre! Tú no le escuches, Boni –dirigiéndome a mi acompañante en la mesa que ya empezaba a poner cara de extrañeza–: el talento es cosa de suerte. Mira a esos cantantes que nacen con una gran voz o a tantos artistas que tienen dones naturales. Y, y, y, encima, la sociedad les recompensa por su suerte. Un artista puede ser un auténtico cobarde. El coraje es otra cosa...

La escena se cortó. Alberto dijo que todo era perfecto, sólo que había un problema técnico. Mis tres acompañantes de la mesa me miraban extrañados. Eran gente de teatro, acostumbrados a escuchar su pie antes de entrar, conocedores de las clásicas reglas de respeto al texto y sabedores, imaginé, de que yo era el amigo del Director.

Mientras los técnicos revisaban los encuadres, la luz, la colocación de las sillas en torno a la mesa, yo releía una y otra vez el texto como un estudiante de diez años ante un examen sorpresa. Cuando se comenzaba a grabar me metía las hojas del guión debajo del trasero y lo intentaba:

–Yo, yo creo que el talento es cosa de suerte. El coraje es algo muy diferente. Mira tú a esos músicos y pintores que nacen con dones naturales. Y encima la sociedad se postra ante ellos por donde pasan. No, no, qué va, un artista puede ser un auténtico cobarde. La valentía es otra cosa.

En las siguientes cinco tomas dije de todo, ya tenía que mantener el presunto espíritu de actor improvisador que incluye sus propios textos. Mis compañeros parecían ir asumiendo que trabajar conmigo significaba caminar permanentemente junto a un precipicio. Lo malo es que no era ese mi único párrafo. La escena tenía doce intervenciones mías más, y en todas modifiqué, omití, cambié, suprimí, palabras, líneas, ideas. Hasta que dije al final de una intervención:

–...¿Y sabéis lo que me encanta?: me encanta un cigarrillo después de fumar.

Y todo el plató comenzó a reírse a carcajada limpia.

Tenía que haber dicho: "después de cenar", claro, pero a esa altura de la mañana tenía la dignidad tan por los suelos, me sentía tan cazado por todos (una de las actrices me había dicho: "Pero tú... ¿no eres profesor de Universidad?" Yo sólo pude decir: "Sí, pero..." ¿Qué le iba a decir?, ¿que me había copiado toda la vida, que había engañado a todo el mundo por allí por donde había pasado...?), me sentía tan denigrado que ya era incapaz de controlar mi mente.

Había, no obstante, buen ambiente en el plató. Me levanté y fui a coger de mi carpeta las hojas sueltas del guión de la siguiente escena, entonces, de reojo, vi mi imagen en el monitor. ¿Cómo podían estar todos viendo esas imágenes mientras las grababan sin gritar: "¡¿Quién ha contratado a ese cebón como protagonista?!"? Hice un enorme esfuerzo de autocontrol e intenté racionalizar todo el proceso: "Mi amigo Alberto me ve y me trata desde hace años y debo parecerle normal", me dije. "El equipo me ha visto desde que llegué y para ellos, también, debo responder a algún formato mental de persona normal; no hay corrillos cuchicheando, no hay risas contenidas, nadie pinta caricaturas y se las pasa en un papelito cerrado a sus compañeros; en suma: deben verme como una persona, cuando menos, normal.

Pero esa no es la realidad: tengo bastantes mofletes (sonrosaditos, además), toda la parte baja de mi cara –desde la nariz, aproximadamente– es bastante insulsa; los ojos y las cejas son bastante normales (se salvan, aunque sólo son marrones); luego la cosa empeora: me estoy quedando calvo, bastante calvo, pero no con esas calvas deportivas: poco pelo y rasuradito que crea un cráneo redondito, no: tengo un pelo negro muy fino del que van quedando sólo algunas hebras que yo procuro ordenar milimétricamente por medio de ligeras capas de gel fijador; lo que queda se amontona en los laterales, y de la frente se retira el pelo en la peor de las formas posibles: la media luna, o sea, como una frente avanzada. Pues bien: esto es lo que es captado por las cámaras. En cuanto me giro un poco da problemas, porque la coronilla se va despoblando aceleradamente y en mi cuello se arremolinan desordenadas oleadas que desestructuran el pobre paisaje.

Pero si mi busto no es muy agraciado, mi cuerpo, al menos, es coherente con mi cabeza: con barriguita y ligeramente encorvado, otro desastre.

Normalmente, deambulo por las calles de la ciudad y por los días de mi existencia con ese cuerpo y esa cabeza, y soy totalmente ajeno a ello. He debido construir interiormente una imagen de mí que se horroriza cuando coteja la realidad de una pantalla (la realidad de un espejo la llevo mejor porque conozco bien ese plano: frontal, el único que me acepto), pero verse en movimiento, oírse hablar, percibir el desorden de mis dientecillos es tan espantoso que toda la autoestima se desmorona de inmediato. Y ahí me tienen, haciendo un esfuerzo mental titánico para no hundirme: me quedaban sólo 54 escenas por rodar.

¿Cómo podía estar yo ahí, haciendo esa película? Por supuesto, pensé, iba a ser un desastre.

Por la tarde apareció la protagonista rubia. También había una morena y, por extraño que parezca, ambas hacían el mismo papel. A Alberto no se le había ocurrido otra cosa que hacer que varias de las escenas que debían rodar el protagonista y la protagonista, se repitieran cambiando de actriz (en alguna, incluso, una de ellas me supliría a mí): era cine experimental. La rubia era despampanante, pero, además, la autoestima se le desbordaba en cada gesto, su seguridad era aplastante, sus movimientos eran firmes y seguros. Era abogada por las mañanas y actriz por las tardes, pero parecía fiscal a todas horas. Yo estaba sentado en un banco de un pasillo estudiándome angustiosamente el papel de la tarde cuando llegó ella. Caminó arriba y abajo saludando a todo el equipo acompañada por el Director.

–Te presento a Mila.

Yo tenía nueve años más que ella pero juro que sentí que yo tenía ocho años y que ella era mi madre que venía a regañarme. La miré desde abajo cuando me la presentó y le alargué la mano. Yo era el imbécil que había dicho: "Me encanta un cigarrillo después de fumar", y su presencia me amedrentó un poco más, no me sentía con la fuerza suficiente como para enfrentarme a semejante titán.

–Pasemos el texto –me dijo.

–"Ah. ¿Te casaste con tu profesor?" –esa la clavé. Yo parecía un profesional.

–"Sí, sí, claro" –rió. Me quedé extasiado viendo su risa. Era mágica, pensé que se reía de la situación: dos tipos normales intentando hacer teatro grabado, como si fuéramos amigos de toda la vida–. "Verás..." –Yo seguía mirándola con una gran sonrisa–, "*Qué curioso*", tienes que decir "¡Qué curioso!".

–Ah, sí, perdona: "¡Qué curioso! ¡Esto es muy..."

–"Escucha, escucha esto..." –y yo pensé que quería decirme algo– "...Me suspendió y yo me enamoré de él. Fue perfecto. ¿No crees?"

–"Sí es interesante. O sea, que te enamoras de quien te suspende porque tú crees que no estás a su nivel".

Ella se volvió hacia Alberto y le dijo en voz baja: "Este hombre dice cosas que no están en el guión". Fue el derechazo al mentón del boxeador en el asalto número 13. Me hundió aún más de lo que ya estaba: definitivamente no estaba siendo un buen día. Alberto se la llevó aparte y empezó a decirle en un tono de voz suficientemente alto como para que yo lo escuchara:

–De esto va la película. Este es un film experimental y todos tenéis que ser firmes como una roca, mientras que José Enrique despliega sus dotes geniales.

–Ah –dijo ella.

Volvimos a repetir las frases y a mí no me salía. ¿Quién podría decir de corrido: "Sí, es interesante, sí. De esa forma debo entender que te enamoras de los hombres que te suspenden, es decir, de los que considerarían que no estás a su altura"? "Es decir, de los que considerarían que no...", ¡es que es un trabalenguas lingüístico y semántico, una doble negación!

Luego el diálogo seguía, yo decía una chorrada sin sentido y ella debía reír y contestar: "¿Sabes? Tienes un gran sentido del humor. Ya lo creo que sí". Y sonreía y lo decía de tal manera que yo creía que me lo decía a mí, de verdad, que estaba empezando a enamorarse. Ella hablaba y yo pensaba: "Lo está diciendo porque lo dice el texto, pero le está viniendo estupendamente porque estoy seguro de que está deseando decírmelo". Y cuando me tocaba a mí, yo estaba pensando en que ya se había enamorado de mí (una vez, con 18 años, también se enamoró de mí una diosa que había en la pandilla, podía ocurrir dos veces) y me quedaba callado. Ella cambiaba el semblante, se transformaba en un ser real y me decía: "Ahora tú tienes que decir..." "Sí, si, ya sé", le replicaba rápidamente yo, como queriendo decirle: "Si dejaras de tirarme los tejos en medio del plató podría concentrarme y decir lo que me toca".

Conseguí grabarlo, o eso dijo Alberto.

Paramos para volver a poner la cámara en la primera posición y esperar que entrara la otra actriz, y entonces vi que Mila, que se cardaba su rubia cabellera con los dedos, descubrió su propia imagen en el monitor donde la directora de fotografía revisaba lo grabado. La cara de Mila se desfiguró: no le gustó nada lo que vio. Pensé: "Los dioses son misericordiosos: envían el mismo castigo a todos los seres humanos". Al menos yo nunca había sido ni guapo ni escultural, estaba acostumbrado a soportar la miseria de mi cuerpo (ya pasé mi correspondiente proceso de aprendizaje en la adolescencia); pero ella, una rubia escultural de ojos azules y labios carnosos que habría debido de ser siempre el objeto de deseo más preciado de su entorno, entrando ahora en la pendiente de las imperfecciones sobrevenidas, no debía estar, tampoco, pasándolo muy bien. Me alegró contemplar el pavor de ese segundo terrible. Y todavía hoy no siento remordimientos por haberlo disfrutado. Son las pequeñas compensaciones que otorga la vida.

Llegó la morena, Raquel, que tenía que repetir conmigo exactamente la misma escena en la misma posición. Era una cafetería, ellas debían tener un perro entre los brazos en la primera parte de la secuencia. Trajeron un perro horroroso de feo pero muy tierno, que Mila sostuvo como pudo y Raquel rechazó continuamente: hizo toda la escena con cara de asco. Fue dramática y estuvo siempre encogida, como estreñida. Tenía –y tiene– una cara alargada, como de tótem pascuense, un pelo negro largo, grueso, duro y ensortijado, muy racial; sus ojos eran castaños y bellos, pero su expresión era asustada. La escena *se dijo*, pero fue fría, como un mármol negro. Yo seguí sin poder decir: "...que te enamoras de los hombres que te suspenden, es decir, de los que considerarían que no estás a su altura". Pero salí del paso. Creo que Alberto dio por perdido todo el tiempo y energía que habíamos utilizado y que habríamos de utilizar con ella en el futuro. Sin embargo la felicitó. Nos dijo que él buscaba el contraste entre las interpretaciones: todo era un film experimental, repitió. Ella se excusó de mil maneras, enfermedades, dolores, recientes problemas físicos. Ya Alberto no la escuchaba.

Por la noche llamé a mi mujer y le conté cómo iba el rodaje. Ella se rió mucho con mis inseguridades. Es una gran mujer, equilibrada, honrada y segura de sí misma, que me comprendía e intentaba dulcificar mis angustias, aunque no terminaba de comprender cómo me había metido en una historia a la que yo mismo sabía que no podría responder. Nos reímos, últimamente me río de todo. A esto he dado en llamarle Sabiduría. Semanas antes yo mismo había comprendido súbitamente que me había convertido en un sabio. No había ocurrido nada específicamente, ninguna luz ni ningún milagro me habían hecho ver LA VERDAD, pero yo había comprendido que ya lo comprendía todo. Intenté explicárselo a Alberto la noche del jueves.

El jueves ha sido, hasta hoy, sin duda, el peor día de la semana. Cuando ya uno cree que ha perdido toda credibilidad, que la gente te mira como diciendo: "Pero el fracasado éste, ¿cómo sigue aquí?, ¿qué hace que no se ha suicidado ya?"; cuando crees que no puedes hundirte más, llegó la escena 24. No era especialmente difícil, aunque sí muy larga. El problema principal fue que en ese día rodamos tres escenas y no dos como los anteriores. Cuando llegué al plató por la mañana me sabía bien la primera, que era muy corta, y a medias la segunda, pero contaba con el tiempo de la comida para estudiármela. La tercera, inexorablemente, tendría que estudiármela en el cambio entre la segunda y la tercera. Pero no hubo tiempo. Era tarde y todo el equipo actuó apresuradamente para ganar tiempo. Cuando empezamos a grabar yo, definitivamente, no me sabía el texto. Era uno de los momentos cruciales de la obra: yo le decía a mi joven novia, Boni, que había conocido a una mujer más de mi edad y que estaba enamorado de ella. Boni debía llorar.

Casi siempre habíamos grabado en plano secuencia, es decir: de un tirón. Esta vez, afortunadamente, grabamos por pequeños tramos.

–"¿Es que ya no me quieres?"

–"Bueno, la verdad, la verdad es que... quiero a otra persona".

Estábamos sentados en unos taburetes altos ante una pequeña mesa velador como de una terraza, con unas copas por delante que fingían tener helado: bola de puré y bola de puré con Cola Cao. Boni acababa de regalarme un pequeño osito de peluche y yo la estaba abandonando. La actriz era una joven estudiante de Arte Dramático que había sido alumna mía en la Universidad y que destacaba por su candor, por su mirada limpia y luminosa, y yo ahora debía hacerla llorar. Mi cuerpo rechazaba totalmente lo que estaba pasando, mi mente se rebelaba, mi razón luchaba duramente por imponerse y decirme que aquello no era más que teatro, que todo era mentira, pero yo estaba afectado, casi a punto de llorar. Pensaba de mí mismo que era un mezquino por abandonarla, pero a la vez le decía entre toma y toma: "Yo jamás te abandonaría, me iría contigo al fin del mundo, yo no soy así". Ella sonreía. Pero yo no sabía si ella estaba pasando por lo mismo (pensar que yo era un capullo que la abandonaba) o sabía distinguir tangencialmente entre la realidad y la ficción. Pensé que quizás agradeciera, en su nivel inconsciente, que yo estuviera diciéndole entre toma y toma que nunca la dejaría, pero creo que me quedaré sin saberlo. Ya me había pasado el martes algo parecido: el actor que hacía de mi amigo se enfadaba conmigo y me decía: "Vamos, eres un hipócrita. No somos más que personas, seres humanos. ¿Tú quién te crees que eres para juzgarme así?" y mi cuerpo entero se rebelaba y se descubría con ganas de ir a golpearle. Sobre todo cuando decía: "¡Eres un hipócrita!", ¡lo decía tan bien...!

Pero lo grave llegó cuando tras las tomas cortas nos pidieron que hiciéramos una total del tirón. Yo dije: "No puedo".

–Venga –dijo Alberto–, sólo una y terminamos pronto.

–No, no es cuestión de una, ni de cansancio ni de tiempo. Es que no voy a poder. Puedes pedirme lo que quieras, pero no me la sé. Y cuando no te lo sabes no hay nada que puedas hacer, por mucho que me presiones o me golpees es imposible que me salga. ¿Podemos hacerla mañana?

–No –dijo Alberto–, eso es imposible.

–Pues tú dirás.

¿Qué podía ser ya peor que aquello?, reconocer en medio de un plató a voz en grito ante más de veinte personas que yo, el actor principal, no me sabía el papel y no me lo iba a poder saber. Pues hubo algo peor.

Tras unos minutos y varias propuestas incongruentes se decidió que Alberto me iría leyendo el texto en voz baja detrás de mí, yo lo repetiría y Boni haría la réplica, y que ya después cortarían y pegarían como pudieran en el proceso de montaje. Los cámaras que grababan el *making off* se estaban hinchando. Yo pensaba: "¿No queríais una historia?, aquí la tenéis: el actor subnormal".

Pero la cosa fue a peor.

Alberto: "Mira, yo, yo, creo que no deberíamos seguir viéndonos".

Yo: "Mira, yo, yo, creo que no deberíamos seguir viéndonos".

Boni: "¿Por qué?"

Alberto: "Estás, estás demasiado enrollada conmigo".

Yo: "Estás, estás demasiado enrollada conmigo".

Boni: "Yo no estoy enrollada contigo, estoy, simplemente, enamorada de ti.

Alberto: "¡Enamorada de mí! Anda mira... ya lo hemos discutido... No te ofendas, pero eres una cría, no sabes lo que es el amor. En realidad nadie lo sabe. Es todo un puto lío. Nadie tiene ni zorra idea de lo que es el amor".

Yo: "¡Enamorada de mí! ¡Anda ya...! Perdona, pero eres una cría, no sabes lo que es el amor. En realidad nadie sabe qué es el amor".

Ni así daba una. Mi pensamiento corría a mil por hora: todo el plató no sólo se ha dado cuenta de que soy una auténtica estafa sino que, además, acaban de comprobar que soy un auténtico inútil. Cualquiera de los técnicos de luz, sonido y maquillaje podría haber repetido la frase perfectamente después de Alberto, excepto yo. Además, cuando Alberto iba leyendo yo iba cuestionando el texto: me parecía mal que dijera "puto lío" (la típica manera de hablar del Alberto neurótico que había arreglado el texto), me parecía mal que dijera: "ni zorra idea"... En fin, que mientras que cualquiera en mi situación hubiera estado concentrado en memorizar, yo estaba proyectando mis represiones lingüístico–culturales sobre el propio texto que debía repetir.

Y así seguí todo el diálogo. Cada vez que había una frase larga yo me echaba a temblar interiormente, decía bien el comienzo y el resto lo balbuceaba. Intentaba poner el oído para ver si comenzaban las risas en el plató. Pero nadie se reía. Los comprendí: era demasiado patético.

Paseando esa noche con Alberto, intenté poner en palabras qué era ese "ser sabio" que había asumido semanas atrás. Pero estaba tan confuso...

–No te preocupes, no te deprimas –me decía Alberto ante mi semblante grave y circunspecto.

–No, no estoy deprimido. Bueno, hombre, he hecho el ridículo bastante estos días, y sobre todo hoy; he quedado fatal delante de todo el mundo; los estudiantes pensarán que vaya mierda de profesor de Universidad, ellos, que para entrar en esta Facultad han debido de tener una nota media de siete con seis, por lo menos.

–Bueno, pero no te preocupes, luego eso se arregla en el montaje. ¿Estás bien?, de verdad, dime, ¿estás bien?

–No, si ya he llegado a la sabiduría. ¿Sabes que hace un par de semanas comprendí que era un sabio?

–¿Sí? Y en qué consistía –me preguntó verdaderamente interesado, como esperando oír las grandes revelaciones de la humanidad. Pero en ese momento, justo en ese momento, cuando intenté ordenar todo el pensamiento por el cual yo había llegado a asumir que me había convertido en un hombre sabio, balbuceé y desorganizadamente (como lo llevaba haciendo durante cuatro días en el plató) empecé a decir palabras inconexas y no muy profundas:

–No sé... Creo que la cuestión está en pasar de todo. No, no es eso. Pensé... Creo que lo primero es la empatía... Ya te he hablado muchas veces de esto. Ahora, ahora comprendo a todo el mundo: al delincuente, al que hace mal las cosas, al soberbio, al vago, al terrorista... Todos son víctimas de estructuras de pensamiento que torpemente han construido para creerse que comprenden el funcionamiento de las cosas y su papel en el mundo... Y, además –continué mi improvisación, suma de muchas otras conversaciones anteriores en mi vida–, reírse de todo, no darle importancia a nada. Nada es tan importante, ni siquiera la muerte. Cuando te liberas de esas preocupaciones todo te da igual. Por eso, no te preocupes, sé quién soy, y si hago el ridículo me da igual; la gente del plató me da igual; hacerlo bien o mal en la película me da igual –me miró preocupado–. No, pero intento hacerlo lo mejor posible, pero si no me sale, ¿qué le voy a hacer?

Pero, realmente, ¿sabía yo quién era yo? El viernes iba a encontrar más pistas para estas respuestas. El precipicio del día siguiente había comenzado a abrirse cuando Mila, la rubia despampanante, antes de irse del plató me dijo:

–Hasta mañana. Mañana es la escena del beso.

Yo recordaba algo de la película en la que Woody Allen y Diane Keaton se besaban. Como no había vuelto a leer el guión completo y como algunas escenas habían sido suprimidas, no venía mentalizado para realizar una escena que se abría y cerraba con sendos besos intensos (el segundo más). Por la noche, cuando vi el plan de rodaje, comencé a vislumbrar la intensidad sexual que tendría mi mañana siguiente porque la escena, además, tenía que repetirla con las dos actrices.

–"Oye".

–"¿Qué?"

–"Ven aquí".

–"¿Eh?"

"(Isaac empieza a besarla y ella le responde. Luego se miran el uno al otro)".

Así empezaba. Este texto me lo estudié bastante bien, no quería tener que hacer repetir la toma por culpa de mi torpeza verbal.

Cuando llegó Mila, no la miré. Yo estaba sentado en una silla que le daba la espalda a la puerta del plató.

–Hola –dijo.

–Hola –dije.

Luego vi que llevaba un top rojo que dejaba sus hombros morenos al aire. Estaba más bella que nunca. Pensar en que la iba a besar me azoraba bastante. Por supuesto que lo estaba deseando, pero sabía que estarían allí las cámaras y toda la gente mirando, comprendía que no podría sentir nada, que todo lo emocional debía estar vedado a mis sentidos y mis pensamientos.

Pasamos el texto varias veces fuera de cámara y ella hacía chistes cuando llegaba la parte de los besos: "Munchi munchi munchi munchi", decía. Yo permanecía serio, como si eso no me importara. Luego estuve muy controlador: "Vamos a ensayar la escena. Cuando lleguemos al beso nos damos un beso en la cara con su duración para hacernos a la idea. Y seguimos con el texto". "De acuerdo", me decía ella.

Hicimos un par de ensayos. Yo tenía que apretarla contra mí, tocarle un brazo, acariciarle el pelo, apretarla por la cintura. Era placentero. Y a todo esto le acompañaba su sonrisa, una sonrisa amplia y limpia, llena de luz.

Mila era abogada, tenía treinta y tres años y era madre de dos hijos. Parecía que andaba un poco distanciada de su marido y que ahora tenía un amigo del grupo de teatro. Uno de sus hijos estuvo a punto de morir porque bebió lejía, el otro tuvo un accidente y casi se queda paralítico. Los niños tenían seis y nueve años. Ella aflojó en el despacho para poder dedicarse más a ellos. No sé si lo estaría consiguiendo.

Comenzaron los besos. Tal como imaginaba, yo estaba tan preocupado que no sentí nada: como si apretara mis labios contra la piel de una mejilla. Tuvimos que repetir la acción. Había que estar pendientes de las marcas, de no salirse de plano, de no girar tanto la cabeza que mostrara mi coronilla clareante. Había que besar y seguir adelante soltando texto, como si no hubiera pasado nada. Y no pasaba nada, todo era teatro, un fingimiento; pero mi cuerpo, que me demostró estar en clara comunicación con mi pensamiento, no opinaba igual. La besaba, ella respondía (no era un beso corto), separábamos nuestras caras (no nuestros cuerpos, que seguían entrelazados) y nos mirábamos sonrientes. Ella me preguntaba: "Qué haces". "¿Cómo que qué hago? ¿Me preguntas que qué hago? Te estoy dando un beso en la boca", le contestaba yo, pero verla era respirar alegría porque me miraba enamorada, y seguir concentrado diciendo un texto aprendido me parecía una heroicidad sin límite. Yo acababa de besar a esa mujer, ella me sonreía (le gustaba, se veía que le gustaba) y mi cuerpo le decía a mi mente que me dejara de teatros, que la abrazara sin mesura, que no la dejara separarse de mí ni un segundo. Pero Alberto decía: "¡Corten!" y yo me tenía que reprimir a mí mismo y decirme: "Esto es sólo teatro. Tú estás casado y quieres a otra persona. Esto no es más que un juego en el que tus sentimientos no pueden entrar, ¡entiéndelo, cuerpo!" Y repetíamos la escena. Y me gustaba repetir. Y llegábamos al final donde el beso tenía que ser más largo y apasionado. Respiré mal antes de empezarlo y tuve que darle dos, su labio estaba entre los míos. Y había que repetir la escena. Cada vez estábamos más nerviosos, ella y yo. Volvíamos a la posición de salida y ella me decía: "Hablemos antes de salir para que el comienzo parezca más natural", y yo le decía que estaba guapísima, que me encantaban sus hombros al aire. Y salíamos y nos besábamos: al principio y al final de la escena; y vuelta a repetir. Se le bajó el azúcar a los pies y tuvo que pedir un caramelo, se tambaleaba, casi parecía que se iba a caer. Y volvimos a la posición de salida, saltamos, nuestros cuerpos se movían nerviosamente, nos reímos sin motivo (o con él) y salimos y nos besamos. Y la escena salió bien. Habría sido la séptima toma. Pero Alberto quiso repetirla. Y me sentí feliz, feliz como un niño con ocho días de Reyes consecutivos. Mila detuvo el ensayo: le sangraba la nariz. Todo su cuerpo le daba señales de alarma, no era yo el único que se estaba sintiendo afectado. Pidió un pañuelo de papel, se taponó la nariz. Cortó la hemorragia, se limpió. En menos de un minuto y medio estaba de nuevo junto a mí. Y volvimos a la posición inicial y pensé: "Esta vez me voy a entregar como si la amara eternamente, la voy a besar con todo el amor de mi alma". Y le dije: "Mila, quiero que sepas, por si esta es la última vez que nos besamos, que ha sido un auténtico regalo de los dioses haber sido premiado con la excelsa posibilidad (sí, le dije "excelsa") de besar a una diosa como tú". Y ella rió con gran alegría. Salimos y la volví a besar, intenté hacer lo que me había propuesto, besarla con auténtica pasión, y no lo conseguí. Repetimos y la bese de nuevo dos veces. Entonces, perdí el control y me dije a mí mismo: "Lo dejo todo. Dejo a mi mujer, dejo mi casa y mi trabajo y me vengo a vivir a Madrid y me caso con ella". Y a renglón seguido me dije: "Estás perdiendo los papeles. Las emociones están dominando a la razón. Contrólate". Y salí a escena y la volví a besar, dos veces, y ella estaba brillante y bella, muy bella, y yo sentía raudales de felicidad circulando por todo mi cuerpo. Y el director dijo que había que repetir, y todo el equipo aplaudía en una orgía colectiva de energía positiva que se estaba desplegando entre todos. Y antes de salir le dije de nuevo que estaba siendo maravilloso y que si podríamos vernos el sábado. Y ella rió, rió con la alegría de quien espera que la avisen de que su hijo se ha salvado, que está bien, que va a vivir eternamente. Y yo pensé: "Que me diga que no, por favor; que me diga que no". Y volvimos a salir y nos besamos y volvió a ser maravilloso aunque yo nunca conseguí entregarme.

Y entonces el director dijo: "Vamos a repetirlo una última vez. ¿Podríais, esta vez, daros un beso con lengua?" "No", dije yo. "No, de ningún modo. Déjate de bromas, Alberto. Por favor, respétanos, que esto es un vaivén de emociones difícilmente soportable".

–Bueno –dijo–, si os afecta personalmente no lo hagáis, pero si podéis, hacedlo.

–Vale, como vas a respetar nuestro parecer, no lo haremos –repliqué yo.

–Ya veremos –dijo Mila–. Nos dejaremos llevar.

–Sí, eso, dejaos llevar –concluyó Alberto.

Y salimos. Nos dimos un primer beso, amoroso, pero tenso. Continuamos con la escena y llegamos al final, al que habría de ser el último beso. Nos sonreímos antes de empezarlo, nos abrazamos, nos apretamos y de pronto sentí cómo toda su lengua se metía dentro de mi boca. Yo estaba asustado pero lo aceptaba. Pensé en responderle con mi lengua pero no lo hice. Realmente, me daba vergüenza. Todo duró un tiempo suficientemente extenso como para apreciar lo que estaba ocurriendo, aceptarlo y reaccionar. Pero no reaccioné. El beso se terminó. Y entonces, todo el plató se puso a aplaudir y a vitorear y a gritar como si el equipo de científicos de la NASA estuvieran presenciando en ese momento cómo la nave Apolo XIII se posaba sobre la luna.

Todo había terminado. Ella vino a pedirme disculpas, yo quité importancia a la cosa (en el fondo estaba encantado) y nos separamos como debieron separarse Adán y Eva después de sentirse culpables por el pecado original. Toda mi mente y mi cuerpo y mis sentimientos estaban llenos de ella. Mi ciudad, mi mujer, mi mundo, se me antojaban lejos como la estepa de Mongolia, un lugar en el que, en ese momento, ni siquiera sabía si alguna vez había llegado a estar. Me senté en una silla y fingí leer el texto de mi siguiente escena. Estaba conmocionado. La ayudante de Dirección se me acercó y me felicitó (yo no terminaba de comprender aquella felicitación) y me dijo que viendo ese último beso se le habían saltado las lágrimas a ella y a más gente del equipo. Definitivamente había sido una explosión de energía positiva que había afectado a todos los situados a cien mil kilómetros a la redonda.

Mila trajo una botella de champán tan grande como la que usan los corredores de Fórmula Uno cuando celebran una victoria. Era su cumpleaños. Me pareció un final *made in Hollywood* para mi estreno como besador de cine. El champán estaba fresco y exquisito. Yo la traté como un perfecto caballero. Bebimos, brindamos y le cantamos el Cumpleaños Feliz. Todo el plató quedó en receso. Todos bebieron. Y repitieron (yo no). Y en veinte minutos el ánimo y el desorden era general: todos estaban achispados.

Volví a mi silla. Mila recogió sus cosas y se despidió.

–Adiós, José –me dijo.

–Adiós, Mila. Que tengas un feliz día.

Y se fue. Y yo me quedé sentado en aquella silla, de espaldas a la puerta, totalmente conmocionado, lleno de amor imposible.

Luego tuve que repetir las escenas de besos con Raquel, la morena. Todo fue un desastre sin gracia ni emoción. Antes de empezar con sus escenas me dijo:

–Me he encontrado mal toda la mañana. ...Acabo de vomitar.

Y comenzamos a besarnos.

Toda esta montaña rusa de emociones no está siendo fácil de asimilar. Antes de llegar a este rodaje creía saber quién era. Pero aquí he tenido que reconocer mi fragilidad diariamente, mis debilidades, mis inseguridades, mis miedos de no responder a lo que la gente espera de mí.

El viernes pude contemplarme en la pantalla y lloré. Tenía que hacer un monólogo: fingía grabar en un pequeño aparato ideas para escribir un posible relato. En él, siguiendo el guión de Woody Allen, llegué a una parte en la que debía recitar "Cosas que hacen que la vida valga la pena". Como el texto era muy amplio, y por supuesto no me lo sabía, improvisé cosas que hacen que mi vida valga la pena. Había que decir: "un buen café, una puesta de sol, una canción romántica, el sabor de una galleta...", y dije: "Las tortillas de patatas que hacía mi madre; los amigos, sobre todo los del instituto; Bach, las Suites para violonchelo solo (y cantaba el principio de la primera); El amor en los tiempos del cólera, de García Márquez; toda la obra de Shakespeare; y las películas de Woody Allen, claro". Luego hablaba del amor y me acordaba de mi tierna niña y corría a por ella. La gente del plató se emocionó; a Alberto se le había puesto la carne de gallina y yo lloré cuando lo vi en el monitor.

Un día luminoso se abría tras un día gris. ¿Qué tendría que depararme la semana siguiente?

Ya ha terminado el rodaje. De hecho, ha pasado una semana desde que terminó. Al día siguiente a su finalización me fui de viaje a Portugal y volví ayer. Durante el viaje he notado que aún coleaban los restos de la tormenta que supuso para mí ese rodaje. La semana siguiente fue más normal y previsible. El martes volví a tener una escena con Mila y no me hizo el más mínimo caso. Yo, durante aquel fin de semana no pude dejar de hacer el idiota y le mandé un mensaje a su teléfono móvil: "Hola, soy José Enrique, actor insigne. No me perdonaría nunca no haber intentado pedirte que tomáramos un café y que tú lo hubieras estado deseando. ¿Te apetecería en cualquier momento de este fin de semana? (Perdona que te mande un mensaje de móvil, no se me ocurría una manera más cobarde de pedírtelo). Un beso (casto)".

Horas después me envió una respuesta muy sosa:

"Estoy en Soria, entre montañas y árboles. El café tendrá que ser en el rodaje. Allí nos vemos".

Ni un chistecito, ni una bromita, ni una palabra cómplice: "Allí nos vemos", ¿qué despedida era esa?, ¿acaso quería decirme que sólo nos trataríamos dentro del ámbito puramente profesional? ¡Le pedí un café, no que termináramos lo que habíamos empezado en el plató y que ella aderezó con su lengua! ...Y en Soria. Ya la propia imagen era fría y distante: "Estoy en Soria", que es como si dijera: "Estoy en la península Antártica, justo en medio, donde ni tú ni nadie puede darme calor". ¡Vale, quédate allí!

El martes no me hizo ni caso, pero el miércoles tampoco, y el jueves menos, porque estuvieron otros actores de reparto con los que ¡se lo pasó muy bien...! Yo, mientras, seguía sentado en un banco de la antesala del estudio memorizando diálogos inútiles, mientras ella pasaba de mí. Comencé a odiarla. Algo ocurrió dentro de mí que me empezó a obligarme a ver sus puntos negativos. Pero no tenía. Aunque el jueves, por fin, encontré uno: Mila venía vestida con un traje pantalón blanco, o sea, chaqueta y pantalón bien planchaditos y blanco. Y debajo un escote, un gran escote, un prominente escote. Pero eso no es lo importante. Ese vestuario venía calzado con unas sandalias de ligero tacón con unas finas tirillas blancas. Todo quedaba bien, excepto el dedo pequeño del pie derecho que se salía de su racimo y de la propia suela de la sandalia. Ahí estaba: toda ella elegantemente vestida, bien conjuntada, deseable, pero con un dedo fuera de tiesto, como un rostro perfecto con un lunar peludo en su esquina izquierda, como una manzana roja de piel reluciente a la que se le sale un gusano por su parte baja, como un cuadro perfecto con una esquina podrida. Todo en ella era armonioso pero mi mirada no podía dejar de dirigirse hacia ese punto: un dedo meñique del pie derecho que se sale del propio calzado como queriendo respirar aire puro, como queriendo escaparse de ese cuerpo esclavizante.

Y ahí fue donde recuperé la cordura: era imperfecta. En esa toma ella tenía mucho texto y tuvimos que parar varias veces; se guardaba el texto entre el pantalón y el final de su espalda, lo miraba continuamente, tenía expresión de miedo: ¡no era perfecta! Lo que para mí significaba, inmediatamente, que yo era como los demás, un mortal más, imperfecto y perfecto como todo el mundo, que había estado sometido durante casi dos semanas a una presión infernal; y ella era Mila, la del dedo fuera de tiesto.

¿Qué es la autoestima?, ¿de qué se alimenta? ¿Por qué el fracaso de los demás nos produce tanto placer? A la gente le gusta leer las necrológicas, le encanta enterarse de los fracasos amorosos de los famosos, del juicio a un cantante millonario por denuncias que todos sabemos que son injustas, de la caída del ciclista que iba en primera posición. Necesitamos reconocer las miserias de los demás para darnos cuenta de que nuestra vida no es tan penosa como a veces acertamos a intuir.

Yo vivía escondido en mis logros: soy profesor de Universidad, un hombre respetado en la comunidad social, admirado por mis padres y envidiado por todos aquellos que trabajan ocho horas diarias y tienen un mes de vacaciones al año. Y esa cobertura había permitido que olvidara la clase de tipo mediocre que soy: mal estudiante, inseguro, vago y emocionalmente inestable, que encontró un resquicio por donde colarse en la institución, y, con ella, en la sociedad. Y ahora había sido descubierto.

Un día oí a un Premio Nobel de Literatura en una conferencia decir que él no era buen escritor. Todos los asistentes comenzaron a murmurar: "Oh, qué humilde es". Pero yo pensé: "No es un buen escritor, lo acaba de decir, lo acaba de anunciar públicamente y nadie le cree". Desde entonces sé que es un mal escritor, y cuando lo leo lo constato palabra por palabra, estructura por estructura. Sé que ahora que el rodaje ha terminado y que el tiempo lo va cubriendo todo con la bruma de la falsa memoria, los que asistieron a todo aquello irán olvidando y mitificando cuanto pasó allí y cuanto hice yo. Luego, en la sala de montaje, cortarán, pegarán, doblarán, reconstruirán y crearán una gran mentira que todo el mundo se creerá. Quizás la película trate, incluso, sobre un profesor que no tenía memoria, ni imagen, ni seguridad, ni estabilidad; quizás se rían de las peripecias de un pobre tipo que se ve envuelto en el sueño universal de ser protagonista de una película y lo hace fatal. Y cuando termine la película dirán: "¡Qué buen actor es ese José Enrique Cabrera". Y mis alumnos en la Universidad se darán golpes con el codo y murmurarán: "Ese es Don José Enrique, un actor muy famoso, ¡y es mi profesor! Cuando termine la carrera de Filosofía también voy a intentar dedicarme al cine, como él".

La última tarde de rodaje grabamos la escena en la que Woody Allen y Diane Keaton paseaban por el planetario de Nueva York. Sobre un fondo de estrellas, ella me decía: "Mira, ahí está Saturno. ¿Cuántos satélites de Saturno conoces?" Y empezaba a decírmelo. Yo le contestaba que toda ostentación de cultura no era más que fanfarronería de ignorantes. "La cultura" –continuaba– "no se ostenta. La verdadera utilidad de la cultura es la comunicación libre y humana entre las personas". Y ahí, en ese preciso instante me di cuenta de que yo era todos ellos a la vez: era Woody Allen y Alberto (que había rectificado el texto) y el propio Isaac, el personaje que encarnaba Allen. Y pensé, por un segundo, que estaba siendo un buen actor, y que Alberto, una vez más, había tenido razón eligiéndome para ese papel y que todo lo que estaba haciendo tenía sentido para mí y para *El proyecto Manhattan*, que, ahora entendía, podía ser sólo un experimento en el que yo era un cobaya humano: alguien que había intentado toda la vida ser más, más culto, más inteligente, más instalado en la clase cultural y social alta, cuando lo que en realidad importaba era ser una buena persona en comunicación con otras personas.

Y la más elevada de las comunicaciones era el amor, y yo sólo había estado preocupado de fingir que no era un tonto, y entonces me tocaba decirle a Mila que estaba maravillosa.

Y lo deseé con toda mi alma. Apagaron aún más las luces del plató, forzaron la intimidad haciendo que nos acercáramos mucho el uno al otro, yo tenía que decirle: "Estás maravillosa, realmente maravillosa". Proyectaron un fondo de estrellas. Era bonito, todo estaba muy oscuro, el firmamento se dibujaba ante nosotros, los técnicos de luz colocaron un foco para proyectar sobre el universo todo nuestros perfiles en sombra. Entonces, la directora de fotografía pidió silencio y, a voz en grito, dijo ante todos: "Parece el perfil de Hitchcock", y todo el plató irrumpió en risas, carcajadas estentóreas; acumulativas, quizás, de todo lo que no había podido liberarse anteriormente. Alberto se acercó y me empujó la espalda hacia delante tirando de mi trasero hacia atrás buscando en la sombra una imagen más o menos equilibrada, pero no era posible. La gente seguía riendo. Yo intenté meter barriga, ponerme bien recto, pero la sombra seguía siendo la de Hitchcock. La sombra de Mila era el de una mujer joven y perfecta, pero la mía era la de un tipo barrigón con gafas. Yo grité: "¿A quién se le ocurre elegirme a mí de protagonista de nada?" Todos siguieron riendo. En especial Mila. Yo miré hacia abajo y vi su dedo meñique salido de la horma e intenté relajarme. "Estamos terminando el rodaje", me dije, "Estamos terminando".

Le propuse al cámara que tomara un plano más alto en el que no saliera mi barriga. Esto lo solucionó. Terminamos de rodar. Luego me fui. Tomé un tren y me vine a casa. Al día siguiente salí de viaje hacia Portugal.

He tenido tiempo para pensar.

Saber quién es uno mismo es un encuentro con la verdad bastante tremendo. Reconocer todas las imperfecciones a las que nuestro cuerpo y nuestras capacidades mentales nos tienen sometidos es un acto casi de heroicidad que, a la postre, no sirve para nada. En mitad del rodaje me descubría deseando leer el libro que llevaba conmigo o darle lecciones a alguien sobre la Estética de Kant, quería recordar quién era, por qué yo era considerado por los demás, cuál era, en definitiva, el lugar (calentito) que yo me había buscado en el mundo.

Llegué al hotel de Estoril en pantalones vaqueros y me trataron como a un pueblerino ignorante, lo vi en sus caras. Estuve a punto de gritarles: "¡Soy Profesor de Universidad!, ¿saben? ¡Soy profesor de Universidad, la más alta dignidad en el conocimiento humano, no me juzguen por mi aspecto exterior!" Luego subí callado a mi habitación y miré el océano grande y abierto. No era nadie. Y ahí menos que en ningún sitio. Hubiera querido volver a mi despacho, a mis pasillos y a mis alumnos en ese preciso momento. Necesitaba volver a ser el que yo había construido.

Para liberarme de tanta tensión fui esa noche al casino y me pasé horas viendo cómo la gente perdía su dinero una y otra vez. Fue un maravilloso espectáculo edificante: sus rostros abatidos, su conciencia clara de estar equivocándose y, sin embargo, reincidiendo una y otra vez. En un momento determinado me fijé en una mujer que miraba la ruleta con los ojos rotos y la mirada distante, acababa de perder y parecía que llevaba perdiendo toda la noche. Se colgó el bolso muy lentamente, en un claro ademán de levantarse para irse, se notaba que estaba totalmente acabada. Fumaba y esperaba, como una madre ante el tanatorio. Cuando creí que ya lo iba a hacer, pidió cambio una vez más y se descolgó el bolso. Sentí el placer de mi victoria sobre la humanidad: ellos se vendían, yo nunca.

Por todas partes gente sola luchaba contra su conciencia, en las ruletas, en el Black Jack, en las máquinas de azar. Eran legiones de muertos vivientes pidiendo a los dioses una nueva oportunidad, una herramienta para hacerse un hueco en el mundo. Era un espectáculo deleznable. Y yo estuve allí en medio, como caminando por el infierno sin que las llamas me tocaran, me venía bien recordar la existencia de los que no tienen lugar, para valorar más mi vida, aunque el método de recordar fuera detestable.

Salí sin apostar ni una sola moneda.

Ayer me llamó Alberto. Pasó unos días agradables con su novia, pero ahora ella va a estar en su tierra y él unos días en Madrid donde llamará a algunas chicas con las que le apetece estar. Echa de menos los días del rodaje. Me preguntó cómo estaba y le dije que el viaje había incidido aún más en la fase baja en la que entré durante la grabación. Hablamos de quiénes somos y de todo esto. Intentó animarme. Colgué y me puse a ver la tele. Espero pasarme lo que queda de verano viendo películas, hasta que la rutina ordene mi vida de nuevo.

El arte perdido de la conversación

Abrí el teléfono móvil sigilosamente, busqué la opción voz y le di a grabar. Esperé que la pantalla se oscureciera, y así, con el móvil abierto, lo coloqué con cuidado encima de la mesa, entre mi plato y las copas. La gente sólo decía gilipolleces y yo quería grabarlas. Estábamos cenando en el nuevo piso de Loli. Se había comprado un dúplex con terraza en el centro de la ciudad y nos había invitado a cenar para conocer su piso. Primero había que subir andando la altura correspondiente a dos plantas (o sea, a un tercero) y dentro del piso tenía a su vez dos alturas. En la primera, la cocina más enana que he visto en mi vida, eso sí: con unos azulejos de lo más chic; y un saloncito en forma de ele (ele minúscula) con unos ventanucos que parecían los de un torreón, eso sí: con unas molduras de lo más chic. En la segunda planta (mis piernas ya sentían que habían subido cuatro pisos sin piedad), un dormitorio "de matrimonio" que debía ser para un matrimonio de enanos, rodeado de espejos (para intentar aparentar que todo era más grande), que daba –por fin– a una terracita en forma de ele, donde había una mesa y unos cuantos amigos.

–Pues con todo lo grande que es sólo me ha costado cuarenta y seis millones.

–Pues sí, es precioso –dijo Sofía, la futura mujer de Ricardo que, a su lado, bebía cerveza sosegadamente–. Y las vistas son preciosas.

–En cuanto yo me asomé –continuó diciendo la anfitriona– y vi la cúpula de Santa María la Blanca, me dije: "este es mi piso". Yo le había dicho a mi Carlos: "He visto un cartelito en la calle San José" y por la tarde, en cuanto salí del trabajo, me vine con mis gafas de lejos, apunté el teléfono y llamé. La dueña era un encanto. ¡Tiene un gato! –hipió–, como mi Rusqui. ¡Rusqui, Rusqui, ven aquí! Ay, no me hace caso nunca, es tan independiente.

¿Qué hacía yo allí? ¿Cómo había llegado yo, con mi formación y mis ambiciones, a tener un grupo de amigos tan tarados como aquel? Ya nadie conversaba de temas interesantes, de proyectos, de críticas a la modernidad, del enfrentamiento entre el calvinismo y el catolicismo, de la injusticia del mundo que no nos valoraba suficientemente y de tantas otras cosas sobre las que empecé a indagar en mi adolescencia, y que ahora, con cuarenta años, aún no había terminado de resolver. Me interesaba hablar de la imposibilidad del concepto matrimonio (aunque yo estuviera casado); de la sensación, cada día más creciente, de que la gente –los otros– me aburrían soberanamente y no tenían nada que aportarme; de que las vidas de los que estaban a nuestro alrededor mostraban señales inequívocas de haberse perdido para siempre, aunque sólo estuvieran en la mitad de su periodo laboral. De esto quería conversar, pero sólo oía: "la semana pasada me comí un rodaballo a la sal en La Sartén Vasca que debía pesar ochocientos gramos", o "este niño es insoportable" –lo dicen delante del niño–, "tiene una hiperactividad que agota a cualquiera, es un auténtico demonio".

Últimamente defiendo, como ya decían los griegos y repitió Shakespeare en Hamlet, que el arte puede ser una buena herramienta pedagógica: si ponemos ante los ojos de los hombres su realidad cotidiana, quizás, al verse a sí mismos desde fuera comprendan quiénes son, por eso decidí escribir un libro que se llamara "El arte perdido de la conversación", en el que sólo se leyeran cintas transcritas de conversaciones tediosas de contertulios insulsos, para que así, expuestos a la visión del espejo de la realidad, los lectores comprendieran el vacío de sus vidas.

En casa de Loli empezó todo. Cuando conecté la grabadora del móvil y la dejé sobre la mesa tuve la sensación de iniciar una venganza largamente urdida. Todos aquellos estaban allí, desnudos ante mí y la Historia. Dirían frases sin sentido, sin gracia, hipócritas, falsas, y yo las estaría convirtiendo en Historia escrita, legado de su mediocridad para el futuro. "¿Así eran nuestros antepasados?", se preguntarían en el futuro. Y se reirían y avergonzarían.

El gato. Loli habló de su gato durante media hora (todo se refleja en el archivo de voz #000001). Consiguió hablar tanto tiempo de él porque Vera alimentó el diálogo. Vera, una soltera de treinta y tantos, licenciada en Bellas Artes y restauradora de bienes religiosos, cuya última relación había sido con un guardaespaldas vasco que había estado –y matado– en Bosnia, y que le daba a la coca a sus espaldas. Ambas hablaban de sus gatos como si fueran sus pequeños hijos paridos y amamantados por sus propios cuerpos. Transcribí esta cinta, pero es tediosa y aburrida. Tras el ronroneo de sus conversaciones sensibles y cariñosas se oía el rugir de la maternidad frustrada (cuerpos construidos durante millones de años para un fin, repudiando ese fin a causa de la modernidad biempensante).

El gato sólo se sienta con ella, a los extraños los rechaza.

El gato amanece enroscado sobre sus pies en la cama.

El gato pasea por la cornisa.

El gato vomita bolas de pelo.

Habían castrado al gato (sin su permiso, conste). ¡Qué metáfora de la postmodernidad masculina en su relación con la femenina!

Luego Sofía se puso a hablar de los preparativos de su boda. Era difícil imaginar a la vaca en la que se había convertido Sofía embutida en un inmaculado traje de boda. Esta conversación–discurso no la pude grabar, porque me quedé sin memoria en el móvil con la conversación anterior, pero no importa, no duró mucho, porque Vera y Loli no estuvieron colaboradoras. Yo las miraba y veía en sus caras la envidia inconsciente: "¿cómo esta gorda ha podido casarse antes que nosotras?"

A la despedida de soltero de Ricardo no fue casi nadie: dos amigos actuales; uno antiguo, que no veía desde hace años; uno nuevo pero intenso (Lucas, que se había comprado un piso en quintocoño, cerca del de Ricardo y se iba a su puerta, lo llamaba por el portero electrónico y le decía: "Ricardo, nos tomamos una cervecita". Ya me imagino al Ricardo diciéndole a Sofía: "El pesado de Lucas que si nos tomamos una cervecita". Claro que para Ricardo la lealtad para con la cerveza era lo primero); a un lado de la mesa se sentó don Curro, un viejo y tripudo borrachín con tres infartos y un marcapasos; y el primo de Lucas, que sin conocer al novio se apuntaba a todas las despedidas (también vino a la mía y tuvo el honor de contemplar cómo las dos profesionales del striptease me bajaban los gayumbos en medio del escenario).

–Además, la peineta se la ha hecho mi madre, eh. –Así comienza el archivo de voz con numeración #000002.

–¿Ella misma?

–Lleva un año haciéndola.

–¿Robando peines o qué?

–Eso con…

–¿Cómo se hace?

–Con la pasta, hay una pasta, un material…como si fuera carey, pero falso. Un plástico, vamos, como todas las peinetas. ¿Sabes? Y le pone… yo no sé cómo coño… escanea una peineta… ¿Sabes?

–¿Escanea?

–Escanea. Un dibujo… tú imprimes el dibujo. Después… lo imprimes y lo pegas a la pasta esta. ¿Sabes? Y un año haciendo agujeritos. ¿Sabes? Todos los agujeritos, todos los troqueladitos, todos, con una segueta, haciéndolo un año entero.

–¿Con una segueta?

–Con una segueta.

–¿Tu madre?, ¿ha estado todo el año haciendo eso?

–Mi madre, mi madre.

–Como no te cases, tío –dijo otro.

–Y después la coge cuando ya está… porque esto es plano… ¿sabes? Cuando la termina de hacer, ¿sabes?, la mete en acetona, ¿sabes?, y le dobla… Y además, o sea, le come todo lo que son las esquinas, las pone redonditas y así le coge la forma.

–¿Les come las qué?

–O sea, porque cuando tú cortas, le formas ángulo recto en el corte, pues lo que hace la acetona es redondea todo lo que es la… Ya te digo y… y aquello es una maravilla, vamos… De locos, porque ahí puede haber cien agujeritos, pero cien agujeritos así de chiquititos. …A ver tío, tiene la peineta, ¿sabes?, y la peineta está llena de troqueladitos. …Eso es: desmontas segueta, metes el pelo de la segueta por el agujerito, que primero le has tenido que hacer un taladro, montas la segueta, cortas, desmontas segueta, otro taladrito, un agujerito… Trabajo…, pero trabajo que no veas… una virguería, tío, una virguería. Ya te digo, en octubre se puso a hacerla. Y ella decía eso: "Si se me rompe o si se me harto, me compro una y ya está… y a hacer puñetas". Pero tío, una maravilla.

Esta fue una despedida extraña. Fuimos a cenar a un árabe de primera. "¡Un buen restaurante, nada de mariconadas!", había pedido Ricardo, y Lucas nos llevó a uno al que había ido con su jefe. Ricardo y Sofía llevaban viviendo juntos más de un año y nadie sabía muy bien por qué estábamos allí. La presencia del primo, del viejo amigo, del septuagenario infartado, y todos en un árabe pijo, era un poco surrealista. Comíamos el potaje ese con arroz que comerían los marroquíes pobres pero en cuencos de marca; nos mirábamos, Ricardo nos miraba con el temor del que espera que del cuenco del cuscús aparezca de pronto una odalisca que lo ponga en un aprieto, y la conversación no fluía mucho. Se habló del gimnasio (archivo de sonido #000003):

–Pero yo di clases de pádel no porque quisiera aprender, que yo ya sabía, sino porque no tenía con quién jugar. Yo estaba pagándole al tío para poder jugar con alguien. Mi horario, coño, es un coñazo, es que...dejad de trabajar, coño... Es que yo trabajo por las tardes, tarde, y yo por eso por la mañana, por la mañana es fácil contratar al profesor y ya está. Pero vamos cuando tú quieras...

–Cuando yo quiera, no, cuando tú quieras –me dijo el primo.

–Ya, lo que pasa es que el club... vale una pasta. El club, apuntarse para...

–También te puedes apuntar a correr.

–Es que es aburridísimo.

–¿Y hacer spiding?

–¿Eso qué es? Spiding, ¿con d o con ene? ¿Spiding o spining?

–Normalmente spining.

–Con ene, ¿no?

–Bicicleta estática... La monitora va cambiando el ritmo, según...

–Lo de siempre, ¿no? –dijo otro.

–"Ahora vamos a subir una cuesta...". Te mueres allí.

–Lo mejor es ponerse en tercera fila, ¿verdad, primo? –dijo Lucas–. Llegas pronto y luego empiezan a ponerse delante y se ven unos tira–chinas... oh, oh... Y cuando estás subiendo la cuesta... Estás así y...

–Eh, eh. ¡Te pones en primera fila...!

–¡Que llego, que llego...!

–Y la monitora, que está operada...

–¿Operada?, ¿estás seguro? –pregunté.

–Altamente operada... Media hora entrando tetas...

–Ahora entiendo las razones por las que los hombres van a los gimnasios –dije.

Luego fuimos al cine, a la sesión de doce, a ver Madagascar, una película de dibujos animados donde una cebra con acento cubano decide dejar el zoo e irse a ver el mundo. Surrealista, muy surrealista. Yo esperaba un striptease y a la única que vi desnuda fue a la señora hipopótamo.

En el convite de mi boda, el año anterior, al principio pensamos en sentarnos en la posición tradicional: los novios con nuestros padres, suegros y la abuela. Pero a última hora, imaginándonos el tedio hipócrita o el silencio tenso, decidimos preguntarles si no les importaría que nos sentáramos con nuestros amigos. Por supuesto que dijeron que sí, que lo comprendían (mis suegros creo que se sintieron aliviados). Y nosotros sentamos a nuestros mejores amigos.

¿Qué es un "mejor amigo"? Yo me hubiera sentado abrazado a los amigos del colegio, pero mi mujer apenas los conocía. Ella se habría sentado... no sé, la verdad: conmigo, creo. Lo lógico era sentarse con los amigos comunes, y de entre ellos los más queridos. Lo hicimos, pero también sentamos en nuestra mesa a Ricardo y a Sofía. Luego ellos nos sentaron en la mesa número 13, lejos de la suya: veíamos la tarta de refilón. Menos mal que a Lucas lo colocaron en la 26 ("Vosotros a la esquina, castigados", le dije bromeando, cuando lo vi traspasar nuestra mesa por el pasillo principal). Días después, hablando por teléfono, me dijo –el pobre–: "Pues la verdad es que nos sorprendió con quién nos sentó Ricardo en su boda: el hermano opusino de Lucía, una de Granada, y Don Curro y la pasa de su mujer". Le eché un cable: "A veces, a los buenos amigos se les pone en mesas que necesitan un nexo de unión". No sé si causó efecto.

Cuando pienso por qué sentamos a Ricardo en nuestra mesa, comprendo que a veces las relaciones se establecen en cadena: mi mujer y yo somos muy amigos de José Luis; José Luis es muy amigo de Ricardo; la entonces novia de Ricardo es muy amiga de Patricia; y Patricia es muy amiga mía y de mi mujer. En la teoría: allí con las tablas de invitados, componiendo y recomponiendo nombres sobre dibujitos, todo parecía perfecto, pero en la realidad, Ricardo, 1'95 y 93 kilos en traje de chaqueta, sentado en el lugar de la mesa en el que yo quería sentarme (la mesa era redonda, pero en un lado había vistas al río y en el otro no, en un lado podríamos ver a la cantante de jazz y en el otro no); mi mujer me dijo: "Déjalo, qué más da." Ese "déjalo" me pone frenético.

Por entonces aún no utilizaba la grabadora, pero en esa ocasión no hubiera hecho falta. Mis amigos, los más guasones, simpáticos y existencialistas del mundo, guardaban un escéptico silencio. Los de las otras mesas ensordecían la sala (invitamos a demasiada gente), todos estarían hablando de gatos, gimnasios y tirachinas. A mí se me irritó el colon (no querría que me casara) y tampoco sabía de qué hablar; menos mal que vino el fotógrafo y nos llevó de mesa en mesa para inmortalizarnos.

En la mesa 13 de la boda de Ricardo estaban los mismos de mi boda pero sin los nuevos novios. También fue un rollo. Hice un intento de conversación con Patricia y por un momento casi funcionó: trabajar en el extranjero. Hablar de sus perspectivas de futuro profesional fuera de nuestro país, aunque no me incumbiera, me llenaba de excitación. Mientras ella comentaba los lugares de Inglaterra con mayor déficit de médicos, yo pensaba en las Universidades Latinoamericanas que estarían encantadas en tenerme entre sus filas, y yo entre sus conversaciones: los argentinos, con su latente visión freudiana del abandono a una madre que nunca se tuvo (la madre patria); los colombianos, con su eterna lucha vida muerte que tanto juego da en las cenas con invitados extranjeros; los cubanos con las paradojas del comunismo socio–libertario. Pero llegó la novia repartiendo alfileres, y Patricia recordó su soltería y su obsesivo novio inglés y se puso a hablarme de sus queriditos perros con los que, tras el abandono de Anthony, ahora ella vivía.

Cuando llegó el baile, me quedé sentado en mi mesa mientras todo el mundo se levantaba a la barra libre. Algunos amigos con cara de cansados se acercaron y sentaron. Pensé que ahí iba a funcionar algo. En la sala había más silencio porque la gente estaba yéndose a la barra libre. Luis comenzó a contarle a mi mujer algo sobre una estudiante extranjera que había conocido un par de noches antes. Saqué mi grabadora y me dije: "a ver si pesco algo bueno".

–Y la tía me pregunta: "¿En qué año naciste?" y le digo 'en el 73' y hace así la tía..., se cabrea y se va. No se lo creía.

–¿Eso qué fue la alemana o la otra? –le preguntó Pedro, que también se quedó en la mesa.

–No, eso fue la holandesa.

–¿Y se fue? –le preguntó mi mujer.

–¿Y se fue en ese momento?

–No, no, se… Empezó a hablar con los amigos con los que yo venía, que fueron…

–¿Pero no te… no te dijo nada después de eso…?

–Nada, se calló, seria, te lo juro, seria. Así… Y además yo vi que… que no le hacía gracia. De hecho…

–¿Que no le hacía gracia? –repetí yo.

–…me había dado el teléfono…

–Joder, qué tía más rara. Yo cuando era jovencita lo más mo… lo más guay era que fuera mayor.

–No, qué tía más rara tú. Tú eres la tía rara.

–No, no, mis amigas también, ¿eh?

–La tía me dio el teléfono para que hiciéramos un intercambio de inglés. ¿Sabes? La… Y le mandé un mensaje. Digo: "pues a lo mejor ha sido una paranoia mía". Le mandé un mensaje y la tía no me ha contestado.

–A mí… no sé –le animó mi mujer–, yo creo que suele dar cierto interés, ¿no? Un tío más madurito, más…pero, vamos, más madurito, no un tío ya mayor, sino…, no sé, un treintañero.

–Es que… Es que si ves, si tú ves un tío y te atrae, qué más te da… Hombre, el rollo es… Lo que… Lo que tú decías de que si tú tienes treinta y tres años y estás saliendo por los bares de siempre y haces… vives con tus padres y yo no sé qué, la tía dice: "Este tío está… Este tío no puede ser normal. Este tío tiene treinta y tres ¿y está haciendo las niñatadas que hago yo con veintidós?... Lo bueno de esto es que de todas formas a partir de los 35 ya no nos preocuparemos de esto… –Todos rieron.

–¡Qué dices? –salté yo–. Mira a Ricardo, tiene cerca de 40 y ha estado hasta el final como un niño chico: me llamaba todos los días: "Que me gusta esta…Y no sé qué hacer con la otra".

–Le pidió matrimonio a la novia –dijo mi mujer– y la misma semana estaba llamado de extranjis a Loli…

Apagué la grabadora.

Seguimos charlando un buen rato. La música sonaba a lo lejos. De vez en cuando se acercaba a la mesa algún que otro amigo que incrementaba su nivel de alcohol en vena y que repartía cubatas para todos. Yo dejé de hablar.

Escuchaba. Había risas, se contaban anécdotas; reflexiones sesudas y existencialistas. Alguna chica nos tiraba del brazo para que saliéramos a bailar. Poco a poco se fueron todos. Yo miraba desde la mesa. La gente pensaba que estaba triste o cansado o pesimista. Y no: sólo miraba cómo los demás bailaban, cómo se movían. Yo era como un sordo que asiste de espectador a un baile: ve personas que se mueven extrañamente en una especie de danza que no comprende.

El funeral

Me llamó mi madre por teléfono:

–Jose –dijo, con una teatral voz de pena–, la tita Blanca se ha muerto.

–Vaya por Dios –le dije, sintiéndolo realmente.

Esta tía mía era la hermana de mi padre, no habíamos tenido mucha relación, pero yo sabía que con su muerte comenzaba el pistoletazo de salida de la muerte de toda una generación: mis padres y mis tíos comenzarían a caer uno detrás de otro.

–¿Cuándo es el entierro?

–Como se ha muerto cerca de media noche, mañana estarán todo el día en el tanatorio del cementerio, y el lunes por la mañana será la misa y la incineración.

–Entonces no te preocupes, viajaré por la mañana, comeré con vosotros y pasaré la tarde y la noche con todos en el cementerio.

En la voz de mi madre se destilaban sabores distintos y contradictorios: pena, por perder a una amiga con la que jugaban a las cartas, y miedo, porque ahora les tocaba a ellos; pero también cierta satisfacción porque aún no les había llegado. Durante todo el proceso ritual del cementerio, imaginé que muchos estarían sintiendo el pudor de reconocer en sí esa satisfacción inconfesable, como cuando en una excursión alguien dice: "Le han robado la bolsa a María" y todos buscan con su mirada su propia bolsa y después, cuando la han localizado intacta, comienzan a demostrar su solidaridad con la mujer asaltada. En situaciones adversas, inesperadas como esas, te palpas la cartera, miras tu coche, buscas con la mirada a tus hijos, y después, sólo después, empiezas a preocuparte por los otros. Mi tío, por ejemplo, el marido de la fallecida, lo primero que me dijo al verme y estrecharme contra sus brazos fue: "¿Cómo me voy a acostumbrar a vivir sin ella…?"

No sé muy bien qué es una familia. Antes la gente debía saberlo, creo. Pero ahora me parecen unos vínculos tan extraños, tan desnaturalizados (por paradójico que esto pueda parecer), que cuando veo a mi familia allí, todos juntos, me digo: "¿Quiénes son estos?"

Mi tía tenía cuatro hermanos más. Mi padre era el mayor. Había dos que se fueron a trabajar a Francia a finales de los años 60 y la más pequeña, Toñi, que se fue a vivir con mi abuela a Madrid. Nadie sabía por qué toda la familia estaba desperdigada. Excepto yo. Y mis padres, claro, que fueron quienes me lo contaron. Habían vivido en una provincia y en un momento determinado todos se diseminaron. Durante años todos creyeron que había sido un proceso natural: las familias en una época de crisis económica se dispersan. Pero la razón económica no había sido la principal.

Cuando llegué con mis padres al velatorio me encontré con primas que no veía desde hacía años: la más pequeña de ellas, Jessica, era una delgadísima rubia, imponente, de 26 años, subida en unos tacones de diez centímetros, con un top por el que se dejaba ver su tostado ombligo, con los hombros al aire, con catorce kilos de pintura (pero muy bien diseminados) y con una minifalda que podría haber pasado por la venda de un terrorista islámico. Este sensual cuadro se compensaba con un carrito de niños donde una fiera peluda saltaba, y con un hombretón orondo, gigante, barbudo, melenudo y lleno de tatuajes por todos lados: era su marido: un motero convertido en padre de familia numerosa pues, mientras mi prima me daba dos sonoros besos y yo la cogía por la cintura desnuda, él se debatía con otros dos pequeños monstruos llenos de energía.

Su hermana, fea y ligeramente retrasada mental, vino, cariñosa, a colocarme dos húmedos ósculos sobre mis mejillas. Era Vicentita: la famosa prima que había salido en las sobremesas televisivas un par de veces denunciando a su madre porque había hecho que le ligaran las trompas sin su permiso.

Los presentes besaron a mis padres, que entraron a la sala del tanatorio a rendir sus respetos a la fallecida. Allí dentro estaba también mi tío, al que besé y abracé.

La muerte no me importa, me importa la vida. ¿Para qué sobrevivir si ya no se vive? Los ancianos sólo lo hacen para pensar en la muerte: autolimitados, atenazándose el presente para sobrevivir más días en los que seguir atenazados, enfadados por no recordarlo todo, asustados, atentos a sus sonidos interiores esperando el ligero crujido que les avise de que "ahí viene…". Víctimas, en fin, de su miedo.

Entonces de nada valen los hijos y su promesa de continuidad cósmica; y lo valen todo. El egoísmo se pinta en sus caras: quieren vivir, ahora más que nunca, aunque sea así, devaluados, corroídos, olvidados, quieren vivir.

Y los jóvenes los ven como a niños de amplios cuerpos arrugados, cuando ellos se sienten, ante todo, dignidad e Historia. "¡Papá!", le gritan al oído, "¿quiere usted un vasito de leche?" "Si lo quisiera me habría levantado por él. Y no estoy sordo". "Siempre está de mal humor. ...Y cada día oye menos".

Más tarde llegó mi hermano con su mujer.

–¿Cómo te va con los papis? –le pregunté. Hinchó los carrillos, dejó salir el aire lentamente por entre sus labios pegados. Fue como ver a Louis Armstrong tocando la trompeta de la desesperación–. ¿Te has enterado de la escenita de ayer?

–Uh, cuenta –lo dijo como el que necesita que le traigan un barreño de agua helada para meter los pies.

–Al parecer, llegó la tita Toñi al hospital y se encontró con que a la tita no le habían cambiado las compresas en la UCI, y estaba llena de mierda por todas partes. Se fue para la prima y le dijo: "Tu madre aquí muriéndose y tú en el gimnasio". Y la prima, sin mediar palabra le arreó un guantazo de derecha a izquierda...

–¿Qué me dices?

–La tita la agarró por los pelos y por lo visto, mamá y el tito se quedaron inmóviles, con la boca abierta. Luego se murió la Tita Blanca.

–Joder.

–Y ahora la prima Jessica, que ya ves de qué guisa viene vestida...

–Síííí, alucinante.

–Quiere pillar a su prima a solas para tirarle de los pelos.

Mi hermano y yo nos sentamos en unos bancos de piedra que había en la puerta de la sala número 13 del tanatorio. Pensé que los primos y los tíos que rondaban por allí nos mirarían al uno sentado al lado del otro y dirían: "Cómo se nota que son hermanos". Pero yo creo que no nos parecemos en nada, aunque el tiempo está acercando lo que hace mucho fueron polos opuestos. Mi hermano siempre fue un introvertido que cuando apareció Internet se entregó a ese mundo distante y obsesivo. Creo que fue entonces cuando lo perdimos. El verdadero Joaquín debe seguir por ahí envuelto en la maraña de esta red universal. Él, o el que se quedó, conoció a una rusa en un chat y se casó con ella. La rusa no era de aquí cerca, de Moscú o San Petesburgo, era de Cheiliabinsk, allá pasados los Urales. ¿Qué hace que un tipo –hasta entonces aparentemente normal– se crea enamorado de una rusa de Cheiliabinsk con la que sólo se comunica en inglés, se vaya a Rusia y se case con ella? La verdad virtual, imagino. El deseo, publicitado, de que en alguna parte esté la felicidad.

–¿Te ha contado mamá lo que me pasó con Salvador? –me dijo. Salvador era nuestro cuñado, el marido de nuestra hermana mayor. Mis padres quisieron que mi hermana tuviera buenas amistades y la matricularon en un colegio caro el año anterior a la Universidad. Y, efectivamente, se echó de novio al nieto de un antiguo alcalde franquista. Intentar ascender de clase por la vía del braguetazo tiene sus problemas: no había manera de seguirles el ritmo económico, ni en la pedida de mano, ni en la boda, ni en ninguna de las fiestas de alcurnia a las que después dejaron de invitarnos.

–No.

–Me echó de su casa. A voces. Gritándome que en su casa nadie le llevaba la contraria, que estaba harto de mí y de ti por ser tan rojos...

–Pero, ¿qué le dijiste?

–Estaban echando unas imágenes sobre Bush y la guerra y yo sólo dije: "Ese tío es un criminal". Y empezó a gritarme, así, de pronto.

–Joder. ¿Se lo contaste a Mamá?

–Pero si ellos estaban allí delante.

–¡¿Allí delante?! ¡¿Papá y Mamá?! ¡¿Delante de ellos?! ¿Y qué hicieron?

–Se quedaron sentados en sus sitios, sin decir nada... Luego me dijo Mamá que si se levantaba y se iba no podría volver a ver a sus nietos, que en eso fue en lo que pensó, y que por eso se quedó sentada.

–Pobre Mamá.

–Al día siguiente vino a casa. Y le pidió disculpas a Mamá, no a mí.

–Bueno, tampoco te puedes sorprender de ese comportamiento –le dije yo–. Ya sabías cómo es. Ha sido siempre un garrulo con ropa de niño pijo.

Ahora, el garrulo con ropa de niño pijo, con sólo 45 años, había sido jubilado por enfermedad. Al parecer tenía los pulmones llenos del polvo de las plantas de hormigón donde había sido jefe durante veinte años. Todo podía estar unido.

Entonces mi hermano me dijo:

–¿Cómo haces, Jose, para mantener el equilibrio entre tanto caos?

¿Cómo se responde a esto? Es tu hermano, tu hermano pequeño, demuestra que cree en ti, y ahora, cualquier cosa que digas te hará quedar mal, y tú quieres quedar bien, seguir quedando bien.

–Porque estoy lejos –le dije–. Tú eres el que se lo está cargando todo.

Sí, porque cuando se volvió de Rusia con su esposa rusa de la mano, se compró el piso que está encima del de mis padres y se metió allí a vivir. Ganó cosas: comía gratis, pero perdió autonomía, perspectiva. Y cada vez que mi padre se caía en la bañera o mi madre necesitaba ayuda para subir la compra, allí estaba él, el inalámbrico personaje de la red poniendo su auténtica carne al servicio de la decrepitud senil.

Y tampoco yo estaba tan equilibrado, pero llevaba el pelo bien recortado como un clásico caballero, vestía con elegantes pantalones de pinzas y camisa de marca, y usaba gafas de intelectual, y con eso daba el pego.

Siempre he tenido miedo de mí mismo, de mi energía, del descontrol del que soy capaz; siempre he dudado de mis capacidades, de mi voluntad, de mi inteligencia. Siempre he comprendido que podía terminar siendo el jefe de la mafia de la cárcel de Toledo o el Presidente Mundial de Green Peace. Por eso, por miedo a mí mismo, siempre me he reprimido, me he controlado, me he civilizado. Y a eso, ahora, se le llama equilibrio.

Llegaron mis tíos de Francia, en vuelo directo desde París. Julián y Bernardo, dos sesentones que se fueron con 18 años a Europa cuando la familia estaba deshaciéndose y cuando en España no había de nada. Abrazos, lágrimas. Era su hermana mayor la que estaba allí, de cuerpo presente, en una caja de pino abierta tras unos cristales. Vinieron sus hijos, uno de cada, más primos. Mi tío Julián era idéntico a mi hermano Joaquín pero con treinta y cinco años más; mi tío Bernardo, no. Él, el que aprendió a ser progresista en la Europa de la reconstrucción, pidió entrar en la cámara, besar a la muerta. Al salir me dijo: "Ya le he dado un besito".

¿Quién era quién para quién? ¿Quién era su hermana Blanca, la mayor, la responsable, la que se casó cuando él tenía sólo ocho años, para este que hoy la besaba, que se pasó cuarenta y cinco años viviendo en el extranjero? ¿Por qué la besó?

¿Sabían quiénes eran? Antaño currantes maltratados en la más baja clase obrera del París rebelde de los 60, hoy padres de universitarios de la Sorbona. No, no lo sabían.

–Primos, ¿os han contado vuestros padres alguna vez por qué toda la familia se desintegró en provincias, Madrid y París?

–Este primo sabe mucho. Cuenta, primo, cuenta cotilleos –vociferó desde lo alto de sus tacones la prima buenorra.

Su madre intervino:

–¿Te han contado lo de la ropa que…?

La miré con extrañeza. En ese momento caí en la cuenta de que ella, y posiblemente los otros hermanos pequeños, nunca habrían sabido tampoco la verdad de lo que pasó. Y eso me parecía doblemente más espantoso que el hecho de que nosotros, los nietos, no lo hubiéramos sabido.

–Tita –la corté–, no es eso, y creo que algún día tendrías que preguntarle a tu hermano.

Se le cambió la cara.

Mi prima insistió, a voces. Le dije que le preguntara a su madre. O que yo ya le contaría.

El marido de la fallecida salió en ese momento con mi prima. Ella quería que su padre tomara un café. Todos se dispusieron a acompañarlo.

Fuimos a la cafetería del cementerio. Volvió a sorprenderme lo bien que está organizado el negocio de la muerte en esta pequeña ciudad: todo en uno: tanatorio, cafetería, crematorio, tienda de flores, iglesia, kiosco de prensa y cementerio. Un parque temático con calles falsas, como un aeropuerto hacia la nada.

Casi toda la familia se sentó en torno a una mesa larga. Pidieron cafés. Y comida. Yo lo apunté todo en una servilleta:

–Yo, un sándwich de jamón sin mantequilla.

–Yo otro, pero con mantequilla.

–Apunta dos.

–Que sean tres.

–Pero ¿con mantequilla o sin mantequilla?

–El mío sin.

–Bueno, el mío… si no es mucha molestia.

–Tú pide, que yo anoto.

–Entonces con mantequilla.

–José, pero yo quiero un sándwich mixto, con jamón y queso.

–Ah, si puedes cambiar el mío, yo también...

–No hay problema.

En ese momento me saqué mi pañuelo blanco del bolsillo, lo desdoblé a lo largo y me lo colgué del brazo izquierdo.

–¿Qué más desean los señores? –Todos rieron. Llevo haciendo esa misma broma desde los 12 años. Nunca falla.

Pidieron siete sándwiches de jamón sin mantequilla, tres con mantequilla y dos mixtos. Luego yo les traje, de eso, lo que me dio la gana (o lo que le dio la gana al camarero de la barra) y se lo comieron todo. Hubo donuts, palmeras, petisús de chocolate; y un sándwich que sobró también se lo comió alguien. Hubo muchas risas, muchos cafés, yo los miraba y me decía: "Ahí tienes: la vida, la vida imponiéndose a la desgracia, a la muerte. Y la tita en su caja de pino".

Empezó a anochecer. La escena de la sala del tanatorio se recompuso idéntica cuando volvimos de la cafetería: los más cercanos, sentados en los sillones de la habitación con el cristal. Serios, con la doble percepción de culpa y satisfacción. Culpa: hemos tomado café como si no pasara nada, nos hemos reído como si no pasara nada; satisfacción: hemos tomado café, nos hemos reído, seguimos vivos, ...y seguiremos vivos.

Viudo: un electricista. Hermanos: un comercial, dos mecánicos inmigrantes y una ama de casa. ¿Qué batallas entablan en sus conciencias con las pobres herramientas intelectuales que han atesorado durante sus vidas? ¿Cuánto están programados para sufrir si en un momento determinado sus conciencias deciden golpearlos?: ¡Te tomaste un café, te reíste! ¡Pecador! o inmoral, o cualquiera de los otros castigos a los que estamos auto–sometidos los humanos.

–¿Cuál es la historia? –me preguntó mi hermano a solas.

–Una noche, cuando papá tenía quince años y todos estos eran más pequeños, tuvo que cerrar el bar del abuelo antes de tiempo y al llegar a casa se encontró a su madre en la cama con otro hombre. Se fue corriendo a casa de su abuela, la madre de su madre, y, llorando, le contó lo que había visto. A la cabrona de su abuela no se le ocurrió otra cosa que avisar por teléfono a su yerno, que estaba de viaje en Barcelona, de lo que había visto papá. El abuelo, siguiendo los usos de la época, llamó a la Guardia Civil que, inmediatamente, se personó en casa de la abuela y la echó a la calle. Imagínate el escándalo en una pequeña ciudad como esta. La abuela cogió a los niños, se montó en un tren y se fue a Madrid. Papá se quedó solo, esperó que volviera su padre y, meses después, se metió de voluntario en la marina. Te acuerdas de las fotos, ¿no?

–...Joder.

–Imagínate para un niño, como era papá por entonces, lo traumático que debió de ser todo eso. Y nosotros sin saberlo, pensando, como piensan todos los niños del mundo, que su padre es una persona perfecta sin problema alguno. Su madre se peleó con él, se quedó de pronto sin familia y se quitó de en medio.

–...Y los demás...

–...Imagínate los demás... Esos pobres niños, ignorantes de todo, primero a Madrid y luego cada uno por un lado. Luego el matrimonio se reconcilió, pero como había sido un escándalo ya no pudieron volver. Es curioso que todo el mundo asumiera que el abuelo era un juerguista y un putero, siempre estaba con mujeres, lo veían en coche de caballo con las folklóricas de la época. Papá siempre ha contado que el abuelo llegaba al bar, abría la caja y se llevaba todo el dinero. Y eso estaba aceptado como normal en la época. De pronto, la abuela, que estaría harta del juerguista, se lo monta por su cuenta y la guardia civil va a echarla de su propia casa.

–¡Qué tiempos!

–El abuelo malvendió los bares que tenía y se fue a Madrid con la abuela y con los niños. Sin papá, claro. Pero ya tenía sífilis. Eso sí lo sabías, ¿verdad?

–Algo.

–Y en un año y medio se murió. Ahí fue cuando la abuela le montó la escenita a papá: en el hospital, cuando estaba a punto de morirse, levantó la sabana que lo tapaba y le enseñó a papá las pelotas del abuelo pudriéndose, abiertas y negras. Papá nunca ha olvidado esa imagen.

–Sí, me parece habérselo oído alguna vez.

¿Debe ser la verdad conocida? ¿Es tan importante conocer la historia, nuestra historia? Esas generaciones estaban acostumbradas a las mentiras, los secretos, las ocultaciones. La conciencia católica, el sentido del pecado, el reproche social, la ignorancia: todo se mezclaba en una pasta densa, pringosa, que aturdía los pensamientos de las personas sencillas que intentaban sobrevivir en las miedosas sociedades de posguerra. Mis padres me habían contado toda esta historia apenas un año antes, un verano en el que intentamos rellenar un libro de biografía familiar que yo le había regalado a mi madre. Siempre he pensado que escribir ayuda a organizar nuestro pensamiento y nuestras vidas, por eso le compré a mi madre un libro que tuvo cierta fama por entonces, y que invitaba a ser rellenado. Centenares de preguntas sobre tu niñez, tu adolescencia, tu familia, encabezaban espacios en blanco con finas rayitas que servían para escribir a mano con la letra bien recta. Como ella no lo rellenó, lo fui haciendo yo en encuestas pormenorizadas de tardes enteras. Y ahí me enteré de todo. Creo que mi padre se sintió aliviado por hablar de ello, pero luego les dio un ataque de mala conciencia que les llevó a pedirme que nunca lo contara. Ahora estaba yo allí, sentado en la puerta de un velatorio, junto a mi hermano, contando la verdad. Y preguntándome si servía para algo. Quizás mi tía Blanca, que acababa de morir, se había ido sin saber nada de esta historia. ¿Y afectaba eso en algo? Quiero creer que sí. Me gustaría que en algún momento ocurriera algo que demostrara que saber de dónde venimos ha sido útil. Pero es difícil que ocurra.

Al día siguiente fue la misa. El imbécil del sacerdote comenzó a decirla dos minutos antes de la hora, sin que hubiera nadie en la iglesia, excepto el féretro. Cuando entramos ya iba por la mitad. Mi tío hubo de sumar su extrañeza a su dolor. Cogido del brazo por su hija, casi cayéndose, se acercó muy lentamente a la primera fila de bancos y se arrodilló. Mi tío Bernardo, el que le dio el "besito", vino vestido con traje de chaqueta negro y corbata en medio de una calurosa mañana de verano, sabiendo que nadie vestiría así. Mi prima, la del top y el ombligo y los tacones y la minifalda, trajo un modelito totalmente distinto al del día anterior pero igual de inadecuado; su marido seguía con los mismos tatuajes. Vino Salvador, mi cuñado, el que echó a mi hermano de su casa. Me dirigí hacia él y le tendí la mano. Nos saludamos. Siempre había sido gilipollas y yo ya se lo tenía descontado. El cura habló con un balbuceo monótono, como un funcionario de la muerte que tiene que decir las mentiras medievales que en otro tiempo debieron tener alguna utilidad pero que ya hoy nadie se cree. Dijo que ahora ella tenía que esperar en la tierra a que llegara el día de la resurrección de todos los muertos, pero también habló del alma, y esa no espera a nadie... Creo que se hizo un lío entre el Antiguo y el Nuevo Testamento. No reconfortó, lo peor es que no hizo bien su labor: no reconfortó. Creo que la gente pensó en irse para él e hincharlo a patadas gritándole: "¡Eres un farsante, un mierda! ¡Hay ahí un hombre dolorido, esperando esperanza, y tú te comportas como un descreído que sabe que si honradamente dimitiera se moriría de hambre, porque no sabe hacer otra cosa que mentir!" Pero nadie se movió, no soy el único que ha aprendido a reprimirse hasta llegar a civilizarse.

Cuando salimos, mi tío, ya viudo, se fue para su casa. Mi hermano decidió llevar a mis padres a la suya, y los primos dispersos plantearon ir a tomar algo. "No nos vemos nunca", dijeron, "aprovechemos esta ocasión, por triste que sea".

Los tíos y primos de Francia, la prima buenorra y su marido y algún allegado sin importancia, nos fuimos al bar de una gasolinera próxima. La tía ya estaba enterrada, lo malo ya había pasado. Estábamos en el final de la despedida: pasos rituales para volver a la alienante realidad donde todo seguía como si no hubiera ocurrido nada.

No éramos más de nueve. Mi prima volvió a preguntar delante de todos por "la historia" (no era tan tonta, a pesar de todo; o lo era y sólo era una gran cotilla). Se lo conté. Hicieron silencio y les revelé por qué sus vidas habían sido como habían sido. Los primos alucinaban. Sus padres, al principio estuvieron un poco reacios a creer. "A mí siempre me dijeron que habíamos tenido problemas económicos por culpa de mi padre y habíamos tenido que salir corriendo vendiéndolo todo", pero según lo iban contando, yo miraba sus expresiones y en ellas se veía que según hablaban se daban cuenta de que todo había sido una mentira para niños. El iris de sus ojos se abría como si estuvieran mirando a lo lejos, a muy lejos, a un lugar situado a casi cincuenta años de distancia.

Pero ya no se podía hacer otra cosa que perdonar: perdonar a la madre que hoy sería comprendida (y hasta aplaudida por todos), comprender a la abuela nacional–catolicista y comprender la mentira como crema solar que separaba a los niños de la quemazón de la verdad.

Todo era genética: miraba sus rostros y en todos estaba yo, sus ojos, sus mejillas sonrosadas, los remolinos del pelo en el cuello, la posición de su espalda. Hablaban con otros en la mesa, recordaban, contaban, comentaban, y yo los miraba con la fascinación de quien se mira en espejos deformantes. "Todo esto soy yo", pensé, "elipses de cromosomas parecidos, mezclados con otras elipses distintas, información genética compartida, que se mezcla, se dispersa, se muere".

Cogimos los coches y salimos de la gasolinera. Delante de mí se alineaban otros cinco coches: mi familia. En el cruce, dos se desviaron hacia la derecha y tres a la izquierda. Yo seguí adelante, solo.

El arte perdido de la conversación

Índice

Siempre me ha parecido que el índice de un libro de relatos no decía nada. Sólo da nombres extraños, piezas perdidas de varios puzzles, apenas invitaciones distantes a su lectura. El índice de un manual de conocimiento de alguna disciplina o de un libro de ensayo sí puede aportarnos ideas del contenido y orientarnos en la búsqueda de lo que más nos interesa. Por eso me he atrevido a redactarles algunas notas de por qué creo que se debería leer cada uno de los relatos y qué es lo más interesante, sin hablarles del argumento ni estropearles la historia (odio los avances de las películas de cine que te la cuentan entera). También les apuntaré algunas referencias sobre las técnicas utilizadas (esto, sobre todo, lo hago por mis alumnos de Creación Literaria de la Universidad, pero verán que pueden ser interesantes para comprender también el relato en sí). Así pues, permítanme que les presente el contenido:

Este relato es técnicamente uno de los más complejos. Si lo leen de corrido apenas apreciarán su complejo mecanismo de ensamblaje, pero si se paran a analizarlo descubrirán que quien cuenta la historia es un narrador en primera persona que, sin embargo, parece mirarse a sí mismo desde fuera, como si se desdoblase y fuese a la vez protagonista y espectador. De alguna manera, este tipo de narrador es el que va a dar unidad a todo el libro. Aunque verán otro tipo de narrador, todo este trabajo es una indagación sobre esta manera de contar que no va de lo técnico a lo humano sino de lo humano a lo técnico: creo que mirarse a uno mismo desde fuera nos ayuda a reírnos de la seriedad y el dramatismo con el que nos tomamos la vida. Para eso, este tipo de narradores es muy útil. Es como plantearse qué tipo de peces queremos pescar, y una vez que lo hemos decidido, buscar la red apropiada que sólo (ni más ni menos) pesque esa especie. En este libro (esta investigación literaria) deseaba pescar lo ridículas que son nuestras preocupaciones para aprender a tomarnos la vida de otra manera, y estas técnicas han sido mi red. Hay que reconocer ya que esta manera de mirar la vida se aprende leyendo al Carver de Si me necesitas llámame o a la Lorrie Moore de Como la vida misma. En ellos, como en este relato, el narrador va llevando adelante varios planos a la vez: cuenta lo que pasa en el hilo central de la narración, y le va intercalando velozmente, a manera de leves pinceladas, historias pasadas que se dibujan en una sola frase ("Yo me sentaba en el laboratorio de Telesforo y nos pasábamos la tarde charlando"; o "Primero se dobla sobre sí mismo, luego te lo colocas hasta el talón y tiras de la otra mitad"; o, claro, ¿Y papá cómo está?) que permiten al lector ir configurando completamente el personaje porque lo conocen en el presente y lo ven, también, en el pasado. En este y otros relatos las emociones están contenidas, parece que no pasa nada pero se va contando el dolor de la existencia, no del personaje ni de su referente sino de todos los seres humanos. Y lo peor: el personaje deshonesto se parece mucho a nosotros mismos.

Un tobillo sin hueso .... pág. 17

El espacio simbólico donde transcurre la acción y la deriva de los dos personajes (y no sólo de uno como haría cualquier argumento simplón hollywoodiense), son los dos polos sobre los que rota el mundo que construye esta historia, en el que uno ve en una especie de espejo mágico a quien no querría terminar pareciéndose.

Fíjense en que técnicamente las lecciones de Carver y Moore aquí quedan distantes. El narrador es omnisciente, aunque intenta distanciarse dejando que los personajes actúen, y el equilibrio entre diálogo y narración está muy logrado.

El verdadero viaje .... pág. 29

Este relato es un homenaje a Raymond Carver porque tiene por núcleo un relato suyo. Y por este recuerdo he intentado situarlo en el bloque inicial del libro. Sin embargo, cualquier lector sagaz podrá comprobar que pertenece a un periodo de escritura anterior a todos los demás relatos del libro, sobre todo por que está contado por un narrador en primera persona intimista, más al estilo latino.

Raymond Carver, en el relato del que se habla, muestra una sensibilidad rotunda y nos muestra su enorme capacidad para mirar las cosas convencionales de la clase media normal. Es el Carver de *Catedral*, pero en su siguiente libro *¿Quieres hacer el favor de callarte, por favor?* muestra su auténtica maestría literaria que, para mí es superada todavía por su libro póstumo. *El arte perdido de la conversación* es un libro plenamente inspirado por él y por su manera de ver el mundo. Del amor por su literatura (que me hizo llorar en un tren) surgió la línea de investigación en estas técnicas creativas que ahora han dado a luz este libro.

El regalo .... pág 33

Esta historia se escribe en torno a un detalle. Pero a veces los detalles dicen tanto... Es uno de los primeros relatos que escribí con esta técnica. Está escrito desde un narrador externo (en tercera persona) que intenta ser deficiente, esto es, que no sabe lo que piensan y sienten los personajes, sólo cuenta lo que hacen y lo que dicen; conoce, sí, sus historias anteriores, pero no opina, deja que el lector juzgue (si quiere). Se alterna el diálogo y la narración, pero en el diálogo, en lo que no se dice, está la clave. Se habla de ambiciones y de logros, de la necesidad de reconocimiento y de lo que marca en la carrera profesional hacia ninguna parte la infancia y la juventud. Se intenta construir en pocas páginas dos personalidades completas. Y el protagonista, como en casi todos estos relatos, no es tan bueno como parece (como en la vida real).

No te preocupes .... pág. 43

Escribiendo este relato tuve la sensación de estar muy, muy próximo al venerado Raymond Carver porque creo que me acerqué muy profundamente a la sociedad media burguesa de chalet en los alrededores de la ciudad que él tanto describe. A Carver, por ejemplo, le gusta pararse en las palabras vacías y repetitivas de las despedidas, para que tengamos tiempo de tomar distancia y ver, realmente ver, la escena que estamos contemplando y sus grietas. Porque este es de esos relatos que sólo se disfrutan si el lector se pasa todo el tiempo mirando por sus fisuras, ya que la trama no es importante. A veces digo que si nos encontráramos un libro con relatos de Carver en la mesilla de noche de un hotel de segunda y comenzáramos a leerlos, seguro que diríamos: "Sí, ya sé por qué los regalan…" Porque en estos relatos parece que no pasa nada, no tienen un final conclusivo ni estridente, quedan abiertos. Sólo se habla de situaciones normales. Pero Carver y muchos otros grandes artistas del siglo XX han intentado enseñar que todo lo que nos rodea en nuestra vida ordinaria es susceptible de verse como una obra de arte. La conversación con unos amigos, hablar con nuestra mujer a voces desde el baño mientras orinamos, una conversación telefónica, es una escena de nuestra película que deberíamos vivir como tal.

Concentración .... pág. 53

Estructurado en tres escenas, vistas por un narrador desde el exterior (como una cámara, por eso no se oyen nunca las conversaciones del otro lado del hilo telefónico) que sólo interviene cuando quiere introducir un bisturí en la bolsa de las emociones para que estas supuren, todo el relato se construye dirigido hacia el incidente final que sirve de metáfora para comprender algunas zonas oscuras de los seres humanos. Una cierta clase media de formación medianamente intelectual (que me interesa mucho como objetivo de mis relatos) aflora en esta historia: son amantes del arte y la lectura que se creen a salvo de los bajos instintos y que, sin embargo, son tan humanos y falibles como cualquiera.

Yo, que no soy una mala persona .... pág. 65

Déjenme que les cuente un detalle técnico de este relato: Yo ya sabía de qué iba la historia (bueno, me gusta no saber el final e inventármelo cuando estoy llegando, me da más placer), pero en la segunda línea el protagonista soltó un taco. Me quedé descolocado. Le iba bien al texto, era claro y contundente, pero no le pegaba a mi protagonista que creo que iba a ser director de teatro (también los directores de teatro pueden decir palabrotas, ya lo sé, pero no, quizás, los directores de teatro de un relato cuando todavía no han sido configurados y lo único que tenemos de ellos es un "ni puta idea"). En fin, que esa palabrota me hizo transformar a mi director de teatro en un asesor deportivo de un equipo de fútbol (y que me perdonen los asesores deportivos y todos los miembros del mundo futbolístico, ya sé que no todos dicen palabrotas, pero no sé por qué pensé que los lectores lo encajarían mejor). Y a partir de entonces, sólo por coherencia rítmica y formal, se tuvieron que diseminar más palabrotas por el texto (pero no se asusten, yo creo que apenas se nota).

Para una buena lectura de este relato me gustaría que los lectores se creyeran a los personajes, todo funcionaría mejor. El relato parecerá humorístico, pero en el fondo debería representar el patetismo humano: de la soledad a la falta de dignidad.

Ser como Bach .... pág 71

Esta es una buena historia, una historia contemporánea, posmoderna –en el más filosófico de los sentidos–: dos mundos que chocan en un encuentro: el pasado religioso de este país y las nuevas mentalidades, a las que les toca el papel de construir todo un nuevo código ético (del que no tienen referente previo) y tolerar (capear) los restos inmovilistas que aún se arrastran desde el pasado. Para ello, utilizo las técnicas del primer relato: narrador en primera persona que se ríe de sí mismo (se ve desde fuera) con pinceladas de frases muy cortas de otros momentos que van construyendo el personaje principal. Tiene unos toques muy divertidos por la propia peripecia y por el mundo interior (algo cínico) del personaje.

O vos omnes .... pág. 77

Qué suerte haberme inventado este espacio para poder prevenir (y manipular) a mis posibles lectores. Lo digo porque desde estas líneas me gustaría hacer lo que siempre les digo a mis alumnos de creación literaria que no pueden hacer: condicionar al lector con unas palabras previas, porque en los relatos o en las novelas no suele haber un prólogo en el que diga: "aunque la luz esté difusa y no enfoque hacia ningún punto en particular, por favor miren a la niña de rojo, ella es la protagonista" (como hace Steven Spilberg en *La lista de Schindler*). Primera manipulación: este relato debe situarse en el presente, aunque el nombre y la profesión del protagonista parezcan un poco arcaicas. Segunda manipulación: en realidad, trabajé tres líneas semánticas para un solo argumento (que, no se preocupen, no les cuento): el contenido del texto de lo que se canta en la escena, los problemas técnicos al tocar el órgano con el que acompaña y la pequeña historia de amor de la que se habla. Pues bien, hay una de las tres líneas que me interesa más que las otras pero que por serles fiel a la palabra dada no les voy a contar, pero que tiene que ver con el sentido de ser, con el intento de saber quiénes somos (espero no haberles destripado el argumento y que ustedes mismos, con estas pistas, puedan ya saber al finalizar su lectura cuál de las tres líneas era).

Op. 27 . . . . pág. 87

Cuando terminé de escribir este relato me subí encima de la cama y me puse a dar saltos de alegría como un niño (y tenía más de 40 años) de la adrenalina que me supuso cerrarlo de una manera que me pareció redonda y cabal. La construcción de esta historia la hice en tres días de escritura separados entre sí. Percibí un tema para el relato porque sentí que algo chirriaba dentro de mí en la percepción de mi realidad circundante. La verdad es que este relato ha supuesto el comienzo de una nueva etapa, al menos en lo que respecta a la elección de los temas. Algo así como el guisante debajo de los cien colchones de la princesa del cuento, noto que mi cabeza se siente molesta con alguna situación y me digo: "por aquí hay una historia", aunque no sepa cuál es. Pues así ocurrió con este relato. Comencé a escribirlo sin saber adónde iba. Hablé de un concierto que el protagonista había dado y vi que no había argumento. Más adelante tiré de nuevo del hilo, trabajé y fue bien pero no encontraba ni el conflicto ni la conclusión. Dejé de escribirlo y pasaron unos días. Yo estaba totalmente en otras cosas, sin pensar en el relato, de hecho estaba de viaje con mi familia, y una noche fui a un concierto y tuve la suerte de oír a Jessie Norman cantando cuatro lieder del *Op. 27* de Richard Strauss. Allí en medio, de pronto, leyendo los subtítulos que el teatro tuvo a bien proyectarnos para que comprendiéramos el texto de la obra, como una iluminación, comprendí el final de la historia. Un par de días después, junto a la ventana de un viejo hotel que daba a una refrescante placita de pueblo creí terminarlo.

Pero no era así. Cuando puse el punto final me quedé satisfecho pero raro, como si se me hubiera olvidado apagar la lumbre en una casa de la que acabo de salir. Pensé en una escena y revisé el texto por si podía caber en alguna parte (yo sé que eso es muy difícil: volver y meter algo en un discurso que ha salido fluido es realmente complicado), pero vi un resquicio y me animé a probarlo. Entonces escribí el párrafo que comienza diciendo: "Cuando terminó el primer movimiento…". Y al llegar al final de ese párrafo percibí la claridad absoluta que esa escena había añadido al relato: ¡Ahora se comprendía todo! ¡La victoria era mayor con ese párrafo que sin él! Y estaba tan contento que me puse de pie, empecé a saltar, me subí a la cama y moviendo los brazos como un loco enamorado salté y salté. El relato ahora era una maravilla.

Es una maravilla de sutilezas, claro, nada de fuegos artificiales: la historia se cuenta desde un lugar: una gente está cenando y el narrador cuenta cómo han llegado hasta ahí, qué ha pasado antes. Hay, por tanto, continuos saltos en el tiempo, se cuentan sensaciones, proyectos, alegrías; se habla de la función del arte y del artista, del dolor de la obra pasajera. Y luego llega el *Opus 27* que da sentido a todo el relato y que por eso se erige en título de la obra, aunque durante todo el transcurso de la historia se esté hablando de otra obra. "*Mañana…*"

Nosotros queríamos tanto a Maribel... .... pág. 95

En este relato, más, quizás, que en ningún otro, se habla de la condición humana en la postmodernidad. ¿Quién es bueno y quién es malo? Este es un tema que me interesa profundamente: el fin de los maniqueísmos, un relativismo que, en contra de todas las críticas que se vierten contra él, nos ayude a ser tolerantes con los demás porque no somos capaces de juzgar y condenar a nadie. En algunos de estos relatos los lectores preverán soluciones de película: el bueno gana y el malo se condena. Contra eso es contra lo que quiero clamar: todos somos buenos y malos a la vez. Es la ambigüedad del siglo XXI.

El experimento Manhattan .... pág. 105

Obsérvese que el título del relato y de la película de la que se habla no es el mismo, porque esta historia me ha dado la oportunidad de hablar de un ser humano en una situación que lo saca de su entorno y lo pone al límite. La metáfora del cine era buenísima porque, si lo hubiera hecho en una batalla o tras un accidente nuclear a los lectores les hubiera sido más difícil meterse en el papel del protagonista. Pero ¡una película...! Todo el mundo quiere salir en una película. Y si además el fondo es Woody Allen y el protagonista (del relato) se pasa todo el tiempo dando pena (riéndose de sí mismo), eso me permitía alcanzar una redondez que creaba un universo propio narrativamente interesante y filosóficamente simbólico.

Todo en este texto es agridulce: hay dolor y humor. La fluidez que consolidé en el relato anterior me permite contar historias y reflexionar sobre los grandes temas, haciendo así de la literatura un vehículo propicio para la filosofía (que fue mi campo de estudio).

El final me preocupa porque se sale de encuadre. De hecho, escribí dos finales, uno cerrando en la coherencia del espacio donde toda la acción se había desarrollado y otra en la que el personaje se va y hace otras cosas muy distintas en lugares alejados. Y aunque rompía el equilibrio formal dejé el segundo final (últimos cuatro párrafos). Fue ahí cuando comprendí que el relato debía llevar en el título la palabra "experimento" y no "proyecto", como pensé en un principio, porque la clave de algunos experimentos está en sacarlos del laboratorio y mandarlos al mundo para observar su influencia. Y eso hice.

El arte perdido de la conversación .... pág. 127

Este libro se ha ido elaborando a la vez que yo impartía un Curso Avanzado de Creación Literaria en la Universidad basado sólo en autores norteamericanos del siglo XX: William Faulkner (pero el año anterior había trabajado a Anton P. Chéjov), William Saroyan, Flannery O'Connor, John Cheever, J. D. Salinger, Richard Yates, Raymond Carver, Charles Bukowski (sí, Bukowski, me parece uno de los grandes), Philip Roth y Lorrie Moore. Comencé a dar el curso como una línea de investigación personal que me debía llevar a impregnarme de esos autores y a aprender de ellos. Una vez que elaboré los primeros (creo que *El regalo* y *No te preocupes*), comprendí por dónde andaba y asumí que fruto de esta investigación y como elemento que más resaltaba estaban los diálogos (en mis libros anteriores, más al estilo latino, los diálogos eran casi inexistentes). Este libro es el resultado de más de tres años de trabajo y en ese tiempo, y de una manera inesperada, un día surgió este título (*El arte perdido de la conversación*) que me pareció que mostraba la nueva característica de los relatos –el diálogo– y que, a la vez, me permitiría hacer una crítica social que, creo, inunda todo el libro. (La cita del comienzo de Truman Capote, tan apropiada ella, es un regalo de mi mujer que halló después de saber cuál iba a ser el título).

Para hacer el libro coherente y con cierta unidad necesitaba, o era conveniente, elaborar un relato con el mismo título. Y he de reconocer que he hecho varios intentos que duermen en la carpeta de "relatos inconclusos". Un poco a la desesperada comencé, de verdad, a grabar en secreto conversaciones de amigos, porque al principio las oía y quería memorizarlas pero creí que por una vez el original tendría más fuerza para mis propósitos. ¿No era esa, en el fondo, la teoría de Carver (y de los Duchamp y Tapies del mundo), contemplar la realidad pura y dura como obra de arte? Utilicé varios sistemas: grabadora (con cables y todo: gran dificultad de logística) y por fin encontré que mi móvil nuevo tenía una opción para grabar archivos de voz. Cuando tuve mucho material me puse a enhebrarlo, deseché, inventé y conseguí (creo) que no se le vieran las costuras, y todo el relato fluye, tiene el mensaje que yo quería dar (que estoy harto de conversaciones banales), comporta cierta crítica social (ya hay mucha gente cansada de tanta boda) y además tiene una trama oculta que no se descubre hasta el final.

El funeral . . . . pág. 137

Para mí este es el relato, quizás, más maduro de todo el libro (un funeral lo merece). Se cuentan historias continuamente y siempre se va reflexionando a la vez. Me han gustado mucho las sensaciones de esta última parte de escritura: conseguía a la vez entretener y reflexionar sobre cuestiones que me parecen importantes y que son universales y eternas. He podido trabajar con la técnica de los americanos sin pensar en ella (como conducir sin mirar los pedales) y los temas iban saliendo y los podía manejar como quería. Creo que los diálogos y la narración se han equilibrado muy bien, las historias son buenas y los silencios funcionan bien. Y me gusta que el personaje se mire desde fuera de vez en cuando, como en el final. Creo que al lector le sirve para tomar distancia y quererlo aún más.